Steve Parker Rob Shone

Professor Proteína

Dicas de exercícios, higiene e saúde para você ficar com o corpo em forma

CB064470

MELHORAMENTOS

2 Sumário

Editor
Jon Richards

STEVE PARKER, o autor, é um sujeito honesto, descomplicado, que se orgulha de possuir receita para seus óculos de sol. Já escreveu mais de 100 livros sobre natureza e ciência para a família.

ROB SHONE, o ilustrador, já ilustrou vários livros para crianças. O que ele mais gosta de fazer é disputar uma maratona antes do café da manhã.

Editora Melhoramentos

Parker, Steve
    Professor Proteína: dicas de exercícios, higiene e saúde para você ficar com o corpo em forma / Steve Parker; ilustrações de Rob Shone. [tradução de Neusa Maria Valério]. São Paulo: Editora Melhoramentos, 2008 – (Perguntas e respostas)

    Edição revisada conforme o Acordo Ortográfico da Língua Portuguesa
    Título original: Profesor Protein
    ISBN: 978-85-06-05363-8

    1. Exercícios físicos. 2. Dieta. 3. Higiene pessoal. I. Shone, Rob. II. Valério, Neusa Maria. III. Título. IV. Série.

CDD-613.2

Índices para catálogo sistemático:
1. Dieta – Nutrição – Alimentação   613.2
2. Exercícios físicos   613.71
3. Higiene pessoal – Cuidados com o corpo   613

Edição revisada conforme o Acordo Ortográfico da Língua Portuguesa

Tradução: Neusa Maria Valério
© 1996 Aladdin Books
Direitos de publicação:
© 2002, 2009 Editora Melhoramentos Ltda.

2.ª edição, 6.ª impressão, setembro de 2011
ISBN 978-85-06-03460-4
ISBN 978-85-06-05363-8 (N.O.)

Atendimento ao consumidor:
Caixa Postal 11541 – CEP 05049-970 – São Paulo – SP – Brasil
Tel: (11) 3874-0880
www.editoramelhoramentos.com.br
sac@melhoramentos.com.br

Impresso no Brasil

---

4   Introdução

Dicas e toques sobre: Exercícios

6   Por que todos precisamos de exercício...
7   ...mas não em demasia
8   Como praticar o aquecimento
9   Como se manter totalmente frio
10   Eu quero a força!
11   Vira, torce, estica, encolhe
12   Fortalecer os ossos
13   Flexível + maleável = flexável
14   Puf, puf, inspire, expire...
15   Respirando esse ar, você vai longe!
16   Para dentro, para fora, para dentro, para fora
17   Respirando melhor
18   Tum-tum, tum-tum, tum-tum
19   Acompanhe o ritmo
20   A forma que o corpo usa para dizer "pare!"

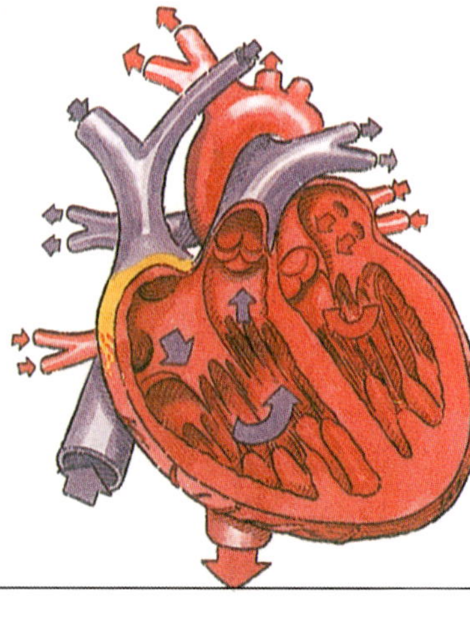

Professor Proteína

Dicas e toques sobre: Higiene Pessoal

- **22** O que há na pele?
- **23** Mantenha a pele limpa e brilhante
- **24** Guia das manchas
- **25** Mais manchas, manchinhas e manchonas
- **26** Fique embaixo do chapéu
- **27** Cuidados com os cabelos e com as unhas
- **28** Olhos...
- **29** ...orelhas, nariz
- **30** Dentro da boca
- **31** Quando os dentes têm problemas
- **32** Quando precisamos do nosso melhor amigo
- **33** Pegando doenças dos animais
- **34** Pés, solas e dedos

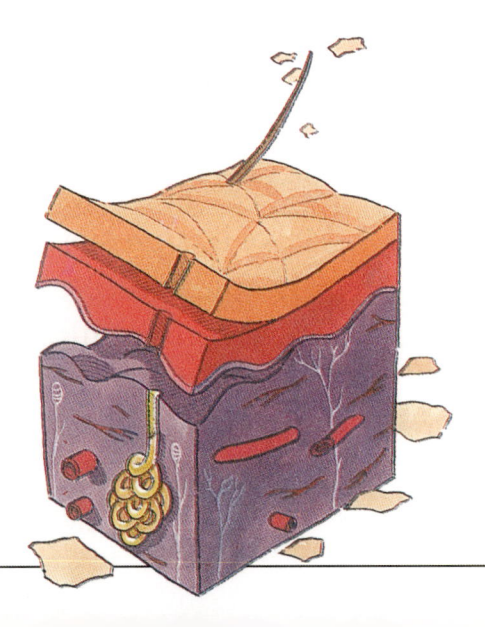

Dicas e toques sobre: Dieta Saudável

- **36** Por que os alimentos são bons para você
- **37** Aproveitando as refeições ao máximo
- **38** Alimentos energéticos
- **39** Alimentos que modelam o seu corpo
- **40** Alimentos para a manutenção de um corpo saudável
- **41** Alimentos saudáveis
- **42** Alimentos que fazem volume
- **43** Lanches rápidos
- **44** Lave as mãos, por favor...  
- **45** As larvas também têm fome
- **46** O mapa do corpo
- **47** Sábias palavras
- **48** Índice

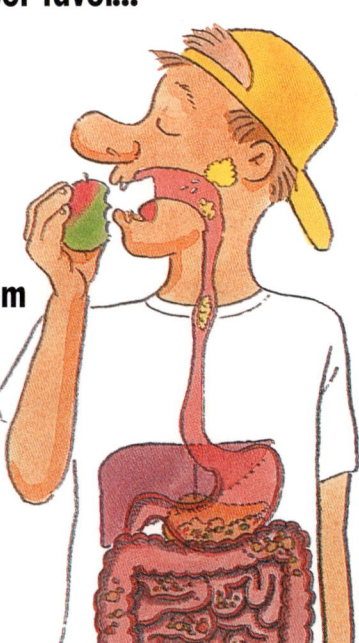

Introdução

Você está sujo e malcheiroso, coberto de cascão e feridas? Suas roupas foram lavadas pela última vez no século passado? Você come carne estragada, bebe água parada e solta gases o tempo todo? Você prefere a preguiça em vez de esportes, e sombra e água fresca em vez de ação? Seus músculos estão fracos e frouxos, e seus dentes estão cheios de buracos negros? Você se sente cansado só de ler essas perguntas?

Sim? Então, ESTE LIVRO é para VOCÊ!

O Professor Proteína sabe tudo sobre boa forma, saúde e higiene. Siga as instruções deste livro todos os dias – e você estará fazendo a coisa certa. Comece agora mesmo!

Recado do Professor
A ciência nos bastidores – como e por que seu corpo, quando saudável, funciona.

Dicas e toques
Excelentes dicas para ajudar você a alcançar o sucesso e as coisas boas que você merece.

Superdicas
Mais dicas preciosas para ajudar você a ser feliz e obter resultados positivos.

Dicas e toques do Professor Proteína
Sobre Exercícios

Ignore sua bicicleta, e ela enferrujará. Rodas e pedais vão ficar travados, e os pneus vão murchar. Ignore seu corpo, e ele não enferrujará – mas as juntas vão endurecer, e os músculos e ossos vão enfraquecer. Sendo assim, cuide-se. Tenha boa forma, mantenha-se ativo – e divirta-se.

6 Dicas e toques do Professor Proteína sobre Exercícios

Por que todos precisamos de exercício...

Exercício não é somente para os caretas. Você não precisa ser um aficionado. Qualquer tipo de movimentação ou atividade física serve de exercício, como se divertir na piscina, pedalar, dançar, praticar esportes, jogar futebol e tênis, correr atrás dos amigos montanha acima, fazer travessuras na praia, num feriado ensolarado... Qualquer coisa que o faça se movimentar também contribui para a boa forma e para a saúde, especialmente se houver regularidade e você usar muito os músculos, para que eles se fortaleçam. Mas se você é preguiçoso como um gato malhado e só quer descansar, seu corpo começará a se ressentir. Veja em que triste situação você pode ficar se não fizer exercícios.

Dicas e toques
Vá com calma

Não comece com uma bateria de atividades, esportes e exercícios. Inicie sua atividade devagar e cuidadosamente. Aconselhe-se com algum especialista, como um professor de educação física. Adquira sua boa forma gradualmente, ao longo de dias e semanas. Assim você conseguirá melhorar suas habilidades físicas, sua força muscular e sua coordenação. De outra forma, você poderá ir parar num pronto--socorro.

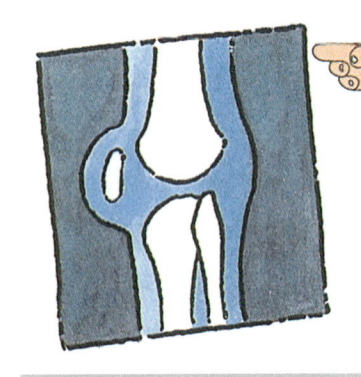

Juntas rígidas, doloridas

Os ossos são ligados por juntas. Se estas não são exercitadas e flexionadas regularmente, elas se enrijecem. Dobram menos, doem mais e podem sofrer distensão.

Respiração ofegante

A respiração é comandada por músculos. Quando os músculos da respiração no peito enfraquecem, até a respiração normal se torna um esforço.

Batidas do coração chochas e fracas

O coração é um feixe de músculos poderosos. Assim como qualquer outro músculo, ele precisa de exercícios, durante os quais bate com mais força e mais depressa. Se não é regularmente exercitado, torna-se chocho e fraco.

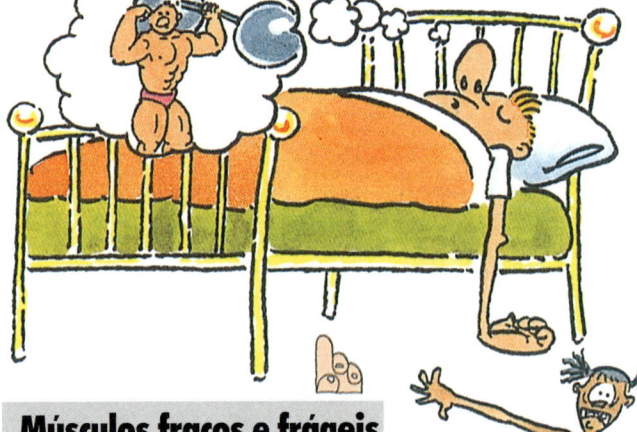

Músculos fracos e frágeis

Os músculos que não são usados tornam-se atrofiados, fracos e frágeis. Eles começam a se cansar facilmente e podem sofrer distensão ou até se romper.

Ossos quebradiços

Os ossos precisam de exercício para manter-se fortes e conservar você inteiro (☞12)! Evite muletas e pernas engessadas, mantendo-se ativo.

7 Dicas e toques do Professor Proteína sobre Exercícios

...mas não em demasia

Não se exceda! Muitos candidatos a líder de campeonatos mundiais, como você, tentaram fazer muito – e muito depressa. Foram levados pela ideia de ganhar boa forma e bater recordes mundiais. Ignoraram os outros prazeres da vida, como admirar um bonito entardecer. Isso NÃO é saudável. Excesso de exercício pode acarretar danos, já que algumas partes do corpo são trabalhadas além dos seus limites naturais. Enquanto se exercita e ganha forma, fique alerta ao que seu corpo sinaliza. Dor na perna? Pontadas no braço? Não ignore esses avisos.

Chato e enfadonho

Pessoas obcecadas com alguma coisa tendem a ser chatas e entediantes. Isso se aplica tanto a quem coleciona selos ou treina tiro ao alvo como a quem faz exercício. Alguém que só pensa em seu passatempo ou esporte, e não consegue falar de outra coisa a não ser isso, pode se tornar um verdadeiro chato!

Recado do Professor
Faça aeróbica

- O exercício aeróbico usa muito oxigênio por um longo período de tempo. Para aspirar mais oxigênio, seus pulmões têm de respirar profunda e rapidamente. Para mandar mais oxigênio do sangue para os músculos, seu coração tem de bater mais forte e mais rápido. Toda essa atividade beneficia tanto a respiração quanto os músculos do coração.

Superdica
Tem de ser divertido

Os exercícios devem fazer parte das atividades da sua semana. Escolha alguma coisa que não precise de equipamentos difíceis de conseguir ou de viagens mirabolantes. Pratique os exercícios em companhia de outras pessoas e faça novas amizades. Acima de tudo, DIVIRTA-SE. Fazendo isso, você achará o exercício mais prazeroso e até conseguirá melhores resultados.

Use os apetrechos certos

Se a sua atividade requer roupas ou equipamentos especiais, tente obtê-los. Você poderá economizar emprestando ou alugando o que precisar de um clube, por exemplo. É melhor do que sofrer um acidente e se machucar por estar usando o equipamento errado. Você não escalaria uma montanha usando salto alto, não é mesmo?

Quilômetros demais

Um automóvel só pode percorrer muitos quilômetros quando ainda não sofreu desgastes. O mesmo acontece com o corpo – apesar de a maioria de nós nunca chegar perto do seu "limite máximo". As juntas são, em geral, as primeiras a reclamar – principalmente se forem torcidas, em posições não naturais.

8 Dicas e toques do Professor Proteína sobre Exercícios
Como praticar o aquecimento

Fique em forma com exercícios de aquecimento. Quando esportistas e atletas correm, saltam e dão piruetas antes do início do evento, abaixando-se e esticando-se, eles não estão apenas querendo aparecer. Estão se aquecendo, ou seja, fazendo exercícios brandos para soltar os músculos, flexionar as juntas e aumentar levemente os batimentos cardíacos e a frequência respiratória. O aquecimento não é para ser feito somente por grandes astros. É para todos que se exercitam. Isso significa que, quando a atividade começar de fato, você estará menos propenso a distender um músculo, torcer uma junta ou ficar sem fôlego logo no início. O aquecimento é também uma boa maneira de detectar pequenos problemas, tais como torções, antes do exercício. Veja a seguir algumas dicas para você se aquecer.

Cabeça e pescoço
Vire a cabeça de um lado para outro devagar, até onde você alcance. Depois, ponha o seu queixo no peito e levante a cabeça devagar, como se você fosse olhar para o céu. Repita esses movimentos várias vezes.

Tronco
Fique ereto, com os pés levemente afastados e os braços abaixados. Mantendo as pernas eretas, curve o corpo para a esquerda, escorregando a mão esquerda pela perna esquerda. Volte à posição inicial e faça o exercício para o lado direito. Repita algumas vezes.

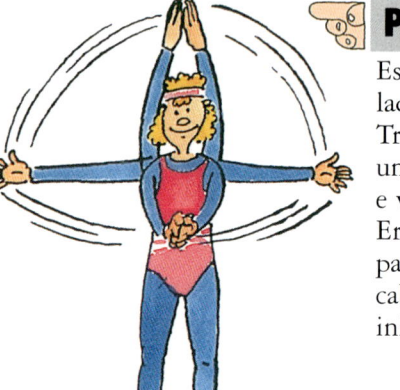

Peito e braço
Estenda os braços para os lados, na altura dos ombros. Traga-os para a frente, unindo as palmas das mãos, e volte à posição inicial. Erga os braços, unindo as palmas das mãos acima da cabeça, e retorne à posição inicial. Repita várias vezes.

Costas e quadris
Fique ereto, com os pés juntos, os braços esticados para os lados, como uma cruz. Gire o tronco, dos quadris ao pescoço, para um lado, como se fosse olhar para trás. Volte à posição inicial e gire novamente para o outro lado. Repita o exercício várias vezes.

Quadris e pernas
De pé e ereto, dê um passo à frente com a perna direita e estique a perna esquerda para trás. Agora, projete o corpo para a frente apoiando-se na perna direita e pare por alguns segundos. Retorne à posição inicial. Continue o exercício, dessa vez dando um passo à frente com a perna esquerda. Repita algumas vezes.

9 Dicas e toques do Professor Proteína sobre Exercícios
Como se manter totalmente frio

Refresque-se, mas não bata os dentes de frio. Após fazer os exercícios, refresque-se por alguns minutos. Corra devagar. Estique-se e abaixe-se, cada vez mais lentamente. Não pare de repente, pois suas juntas poderão inchar, e seus músculos poderão ficar retesados.

Mas tente não se "refrescar" demais. O exercício o deixa resfolegante e com calor. Seu corpo reage com processos de resfriamento, sua pele fica vermelha e quente, e você transpira. Mas seu corpo pode reagir de forma excessiva e tornar-se muito frio, ficar gelado e trêmulo. Isso se chama hipotermia e – más notícias – pode causar confusão e sérios problemas.

Corra devagar
Correr devagarinho é um bom exercício de desaquecimento. Normaliza a respiração, e o coração restabelece o suprimento de sangue para o corpo, mantendo-o ligeiramente ativo.

O cobertor brilhante dos astronautas
Em condições extremas, como uma disputa de maratona num dia gelado de inverno, um "cobertor dos astronautas" poderá ser de grande valia. Esse cobertor é feito de finas lascas de metal que refletem o calor do corpo. Ao ser usado como uma capa, ele evita que você se resfrie demais e permite que continue correndo.

Recado do Professor
UUU! Cãibra
- A cãibra é uma súbita contração e tensão do músculo, sobre a qual você não tem controle. O músculo torna-se duro e rígido – e como dói! A cãibra é normalmente causada pelo esforço de músculos não acostumados a isso ou por má postura do corpo. Para relaxar, esfregue e massageie suavemente o músculo, enquanto estica vagarosamente a parte do corpo afetada.

Sacuda-se
Desaqueça-se soltando e chacoalhando os braços, para relaxar os músculos, soltar as juntas e restaurar o fluxo normal do sangue pelo corpo. Solte o pescoço para a frente e para trás devagar. Chacoalhe também as pernas – claro que uma de cada vez!

Dicas e toques
Cuidado com os apetrechos
Após praticar esporte ou exercícios, não vá jogar suas roupas e apetrechos dentro de uma sacola e esquecer deles até a próxima prática. Mantenha seu material arejado, lavado e limpo. Do contrário, o tênis começa a feder, as meias apodrecem, o calção mofa e a camiseta cheira mal. E isso é péssimo para a sua imagem!

10 Dicas e toques do Professor Proteína sobre Exercícios

Eu quero a força!

A força é o primeiro requisito de um atleta. Os grandes atletas e os praticantes de esportes conhecem os três requisitos para a boa forma e a saúde. São eles: Força, Flexibilidade e Resistência. O Professor Proteína propõe que comecemos com a Força. A FORÇA depende dos seus músculos, que são as partes do corpo que podem se contrair. Todas as pessoas têm o mesmo número de músculos principais. São os chamados músculos do esqueleto, porque movimentam os ossos dessa estrutura. O exercício não nos acrescenta mais músculos, mas torna os existentes mais fortes, com menos probabilidade de sofrerem danos ou exaustão.

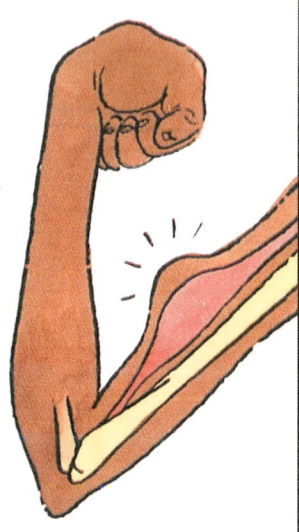

1 Músculo inteiro
Um músculo típico é longo, com uma parte mais grossa no meio, a chamada "barriga". Termina em fibras em forma de cordão, que são chamadas de tendões. Os tendões estão firmemente fixados aos ossos.

2 Feixes de fibras
Os músculos dividem-se em feixes chamados fascículos. Cada feixe contém cerca de 100 a 200 finas fibras, com aparência de fios, chamadas miofibras.

3 Fibra muscular
É uma célula longa e única, com um décimo de milímetro de espessura. Músculos maiores têm mais fibras. Um grande músculo da perna tem 1.000 fibras, com até 30 cm de comprimento. Um músculo pequeno tem 20 fibras, com somente alguns milímetros de comprimento.

4 Fibrilas do músculo
Cada fibra muscular constitui um feixe de partes menores chamadas fibrilas (miofibrilas). Cada fibrila é composta de partes ainda menores, chamadas filamentos de músculo. São moléculas gigantes de proteína, actina e miosina.

5 Filamentos do músculo
Os filamentos grossos são miosina e os finos são actina. Eles deslizam uns nos outros, em milhões de movimentos microscópicos. Como resultado, o músculo inteiro se contrai, puxando o osso ao qual está ligado.

Recado do Professor
Miríade de músculos

• O corpo humano possui cerca de 640 músculos ligados ao esqueleto (mais outros tipos encontrados em partes menores do corpo, como coração e intestino, conforme o Professor explicará mais adiante). Cada músculo tem um nome científico, quase sempre comprido e difícil de soletrar. O maior músculo é esse no qual sentamos, o glúteo máximo, nas nádegas. O menor músculo é o estapédio, fino como um fio de cabelo, que se encontra dentro da sua orelha.

11 Dicas e toques do Professor Proteína sobre Exercícios
Vira, torce, estica, encolhe

Os músculos são fortes, mas podem falhar. Numa pessoa fraca, delicada, os músculos finos e frouxos representam mais ou menos um terço do peso total do corpo. Numa pessoa forte e em excelente forma (como você), os músculos fortes, salientes, representam mais ou menos metade do peso total do corpo. O volume e a força vêm de grossas fibras que se encontram dentro de cada músculo. Porém, os músculos devem ser exercitados com cuidado e modelados gradualmente. Se você tiver uma sobrecarga de exercícios num tempo muito curto, seus músculos e os tecidos ao redor deles poderão sofrer danos, como distensões ou até rupturas.

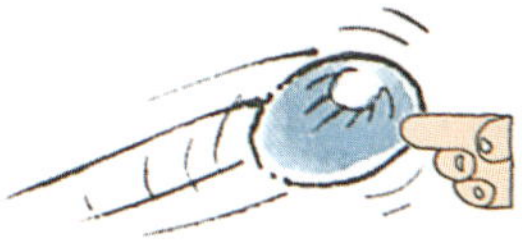

Músculo distendido

Demasiado esforço num músculo causa ruptura de fibras microscópicas, o que o torna fraco, frouxo ao toque e dolorido. O remédio para isso é descanso, massagem e talvez o apoio de uma faixa.

Hérnia

A hérnia é uma saliência de partes internas, como intestinos, que escapa através dos músculos ou entre eles e forma uma bolota macia embaixo da pele. Ela aparece nos "pontos fracos", como ao redor do umbigo ou nas virilhas. Hérnias podem aparecer em pessoas de qualquer idade – não somente nos idosos.

Recado do Professor
Músculo camundongo

• A palavra "músculo" vem do latim *musculus,* que significa "pequeno camundongo". Isso porque os feixes de músculos fortes parecem camundongos correndo embaixo da pele.

Tendão rompido

Se uma parte do corpo fizer um movimento violento, poderá haver rompimento dos tendões, fibras com aparência de cordões que ligam os músculos aos ossos. Se o tendão se solta do seu ponto de ligação com o osso, o caso é mais sério e pode requerer até uma intervenção cirúrgica.

Dicas e toques
Mais habilidade, mais força muscular

Nada contra a força bruta e a força muscular – elas são úteis. Mas técnica, coordenação e habilidade contam muito. Uma pessoa baixinha que pratique levantamento de peso pode erguer pesos muito maiores do que uma pessoa de grande estatura que não tenha prática.

12 Dicas e toques do Professor Proteína sobre Exercícios
Fortalecer os ossos

Resistente por dentro. Um edifício é sustentado por um esqueleto de vigas e chapas de aço – o corpo, também. A diferença é que o seu esqueleto é feito de ossos (que são quase tão fortes como o aço, mas dez vezes mais leves). A maioria das juntas entre os ossos é flexível, ao contrário das rígidas juntas soldadas do edifício. Os ossos necessitam também de muitos minerais e nutrientes presentes nos alimentos saudáveis, enquanto o edifício nem precisa comer.

Dicas e toques
Ossos saudáveis

Os ossos não são secos e mortos. Eles são vivos, com as suas próprias veias, nervos e outros elementos. O exercício ajuda a mantê-los fortes e saudáveis, e uma boa dieta é essencial para que permaneçam assim (☞ 41).

Recado do Professor
Nenhum osso está sozinho

• O esqueleto humano tem 206 ossos. Os maiores são os das coxas, ou fêmures. Os menores são os chamados estribos, dentro de cada orelha. Mais da metade dos ossos do corpo (106) estão nos pés, pulsos, mãos e tornozelos.

Superdica
Mexa-se

Os ossos estão sempre mudando suas estruturas para se adaptar às pressões cotidianas. Sem essas mudanças, o osso torna-se quebradiço e pode partir-se com uma inocente queda. Por isso, mexa-se!

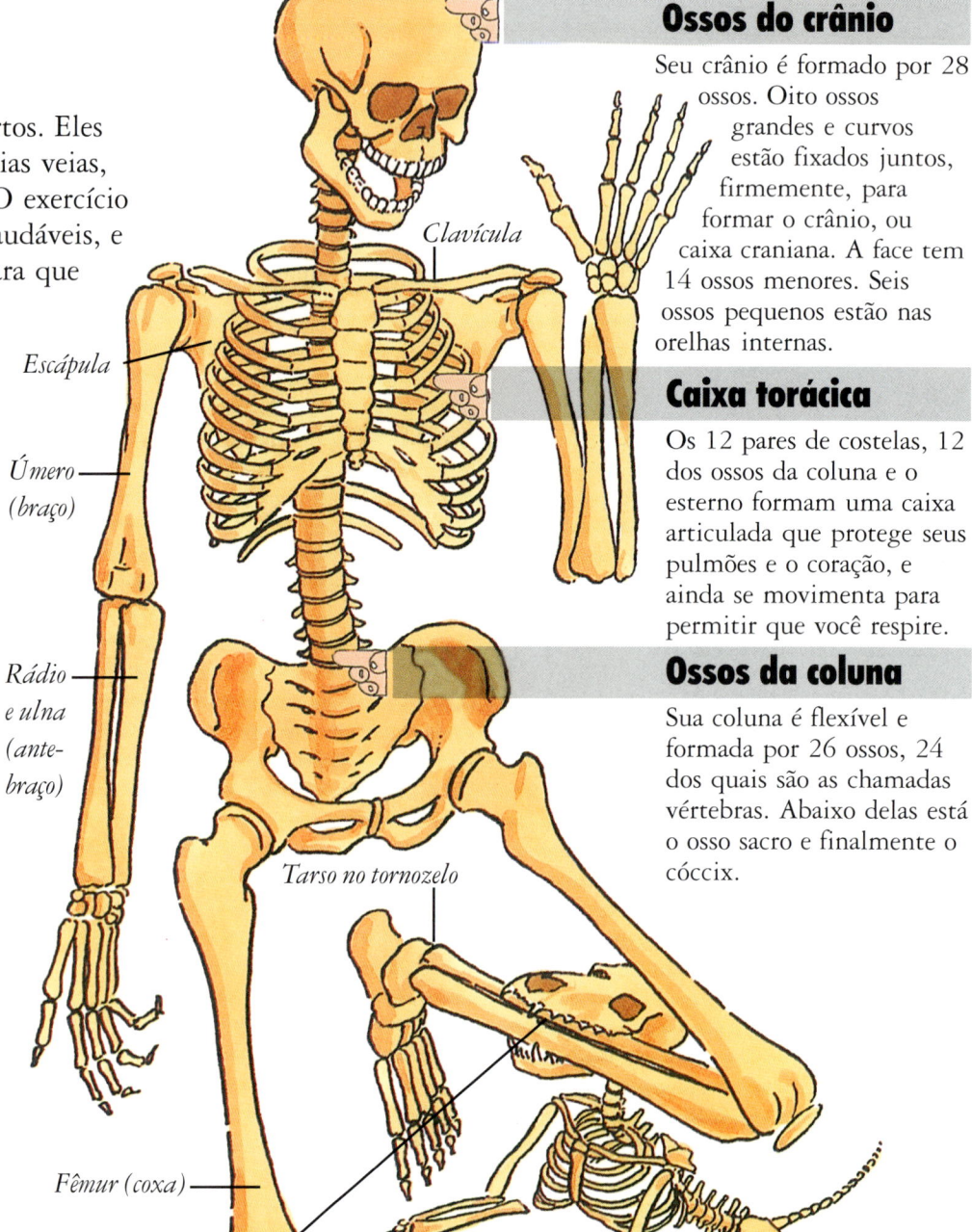

Clavícula
Escápula
Úmero (braço)
Rádio e ulna (antebraço)
Tarso no tornozelo
Fêmur (coxa)
Cachorro mordendo a tíbia e a fíbia (canela)

Ossos do crânio

Seu crânio é formado por 28 ossos. Oito ossos grandes e curvos estão fixados juntos, firmemente, para formar o crânio, ou caixa craniana. A face tem 14 ossos menores. Seis ossos pequenos estão nas orelhas internas.

Caixa torácica

Os 12 pares de costelas, 12 dos ossos da coluna e o esterno formam uma caixa articulada que protege seus pulmões e o coração, e ainda se movimenta para permitir que você respire.

Ossos da coluna

Sua coluna é flexível e formada por 26 ossos, 24 dos quais são as chamadas vértebras. Abaixo delas está o osso sacro e finalmente o cóccix.

13 Dicas e toques do Professor Proteína sobre Exercícios
Flexível + maleável = flexável

O segundo dos três requisitos básicos é a flexibilidade. Isso envolve as articulações entre os ossos. Cada articulação tem o seu próprio desenho mecânico, como uma dobradiça. Articulações saudáveis e flexíveis movimentam-se naturalmente, sem inchaços ou dores. O BOM exercício mantém as articulações flexíveis. Mas o MAU exercício danifica as juntas, podendo causar distensões e deslocamentos. Algumas dicas irão ensiná-lo a exercitar as articulações e mantê-las flexíveis até a idade avançada.

Superdica
Dores da distensão

A distensão ocorre quando a articulação é torcida além dos seus limites naturais. Seus ligamentos e cápsulas ficam estirados, inchados e doloridos e podem até se romper. O melhor remédio é o descanso e o apoio de uma faixa (não muito apertada).

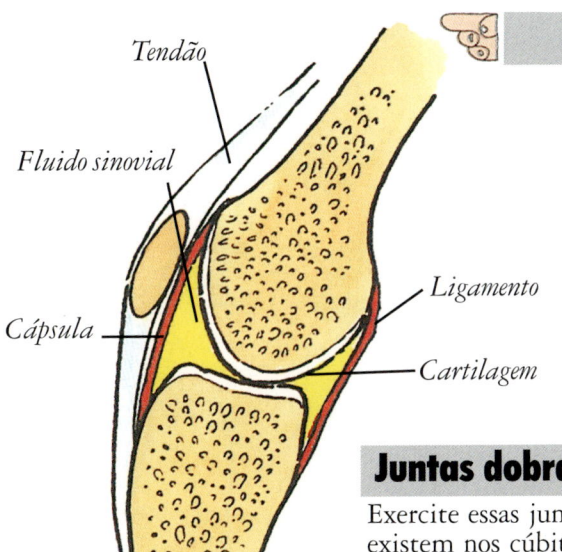

Tendão
Fluido sinovial
Cápsula
Ligamento
Cartilagem

Por dentro da articulação

Apesar de parecerem fortes, suas articulações contêm partes delicadas, que podem ser afetadas por excesso de esforço. A cartilagem, uma substância que cobre as pontas dos ossos e auxilia seus movimentos, pode ser rompida por súbitas torções. Por isso evite o excesso de esforço, para que as juntas possam continuar funcionando direito.

Juntas dobráveis

Exercite essas juntas, que existem nos cúbitos e joelhos, para mantê-las flexíveis. Uma junta dobrável só se move para uma única direção, avançando ou retrocedendo.

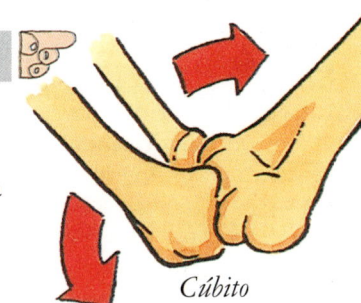

Cúbito

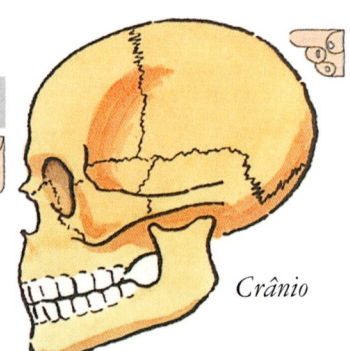

Juntas deslizantes

São duas superfícies que deslizam uma sobre a outra, como no pé e no punho. Apesar de não se movimentarem muito, essas juntas devem ser exercitadas para manterem a flexibilidade.

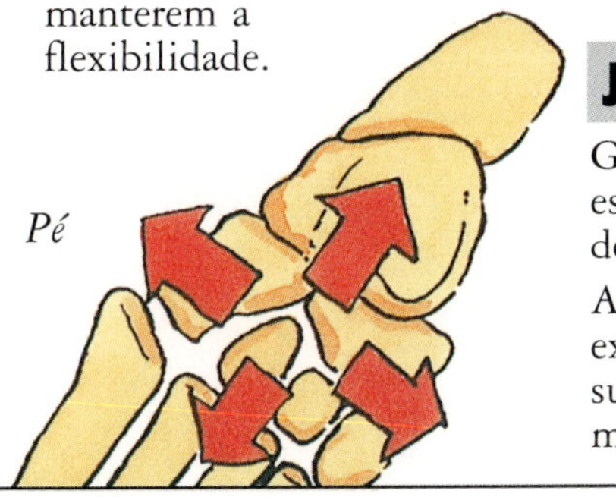

Pé

Juntas fixas

Algumas articulações não se movem de maneira alguma. Os ossos do crânio estão soldados juntos, firmemente. Infelizmente, eles não podem ser exercitados.

Crânio

Juntas esféricas

Girando pernas e braços, você estará exercitando as articulações dos quadris e dos ombros.

Assegure-se de estar exercitando-as em toda a sua amplitude de movimento.

Ombro

Use a cabeça e treine para evitar dores.

14 Dicas e toques do Professor Proteína sobre Exercícios
Puf, Puf, inspire, expire...

Ar fresco. O ar fresco é essencial para os exercícios e para todas as outras atividades do corpo, desde rachar madeira até cortar as unhas dos pés. Por quê? Porque seu corpo precisa de energia para viver. Essa energia é extraída dos alimentos (☞ 38), mas o corpo necessita também do oxigênio, um gás encontrado no ar, para liberá-la. O oxigênio representa um quinto do ar que nos circunda. O ar é aspirado para dentro dos pulmões, onde o oxigênio é absorvido pelo sangue, o que permite a você manter-se vivo.

Cavidade nasal

Traqueia

Nariz
O nariz funga, respira e cheira. Um muco pegajoso (a palavra educada para *ranho*) na cavidade nasal filtra a poeira e outras sujeiras. Livre-se desses detritos assoando seu nariz regularmente.

Garganta
A garganta é o tubo que permite a passagem do ar para os pulmões quando você respira e a passagem do alimento para o esôfago quando você come. Não coma enquanto se exercita, pois você poderá se engasgar!

Traqueia
Esse tubo liga sua garganta a seus pulmões. A laringe está justamente embaixo dele, e é o que permite que você grite a plenos pulmões.

Vias aéreas
A traqueia divide-se em duas vias respiratórias, chamadas brônquios, um para cada pulmão. Os brônquios também se dividem, como um galho de árvore, em tubos menores.

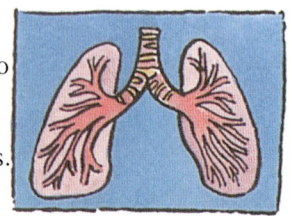

Dicas e toques
Aquecido, puro e úmido

O ar, quando é aspirado pelo nariz, torna-se aquecido, filtrado e umedecido. Por isso é melhor respirar pelo nariz do que pela boca. No entanto, quando faz exercícios, você necessita de oxigênio extra no corpo e então respira pelo nariz e pela boca.

15 Dicas e toques do Professor Proteína sobre Exercícios
Respirando esse ar, você vai longe!

Ar ruim para fora, ar bom para dentro. Bem no fundo dos pulmões existem milhões de pequenas bolhas de ar, chamadas alvéolos. Por essas bolhas o oxigênio passa do ar para o sangue e é distribuído pelo corpo todo para a produção de energia. Como parte dessa produção, o corpo separa uma substância descartável, o dióxido de carbono. Se não for expelido rapidamente, esse produto torna-se perigoso. Ele é colhido pelo sangue, passa para os pulmões e, uma vez lá, é expelido do corpo de uma maneira segura e simples, pela expiração.

Bronquíolo

Capilares

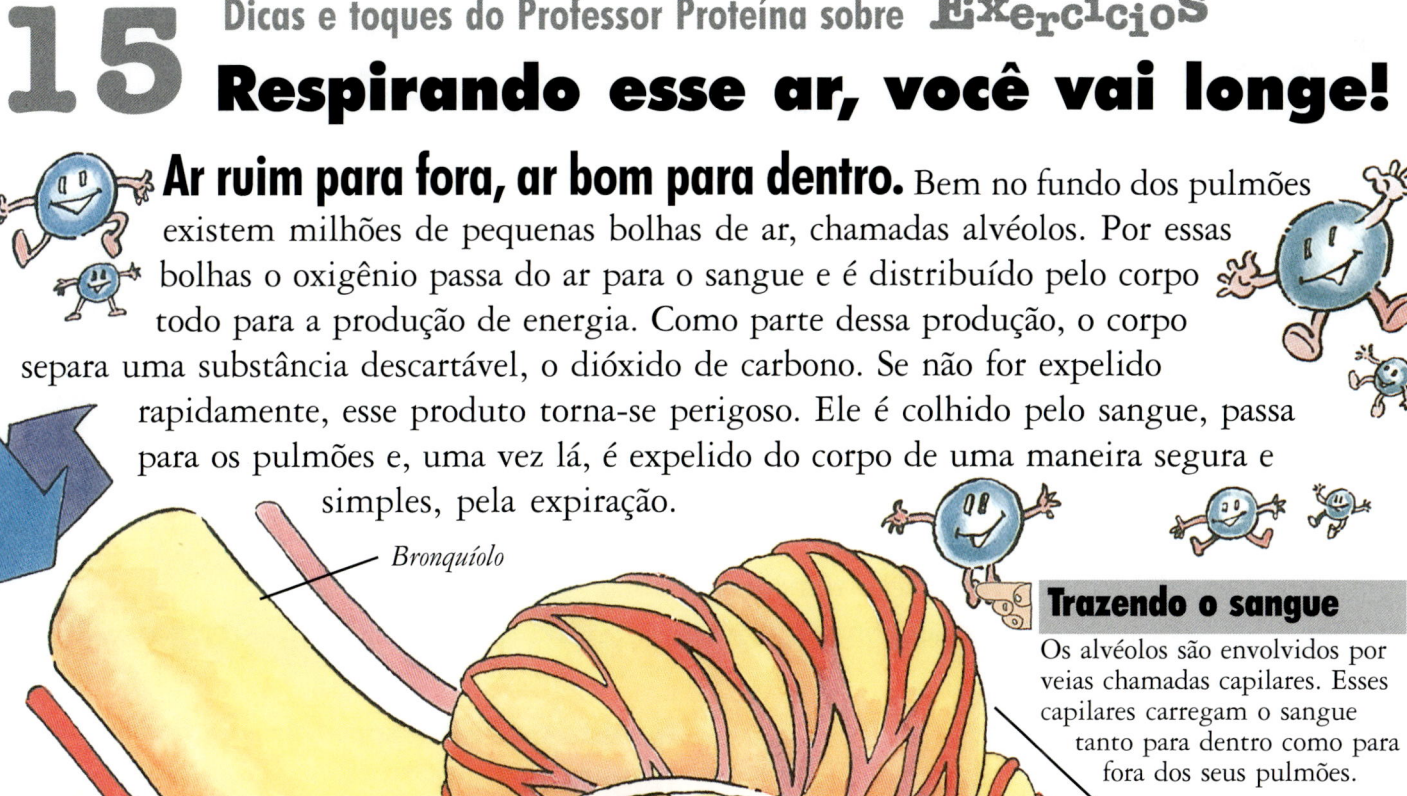

Alvéolos

Oxigênio, do ar para o sangue

Dióxido de carbono, do sangue para o ar

Trazendo o sangue
Os alvéolos são envolvidos por veias chamadas capilares. Esses capilares carregam o sangue tanto para dentro como para fora dos seus pulmões.

Uma troca justa
O oxigênio é sugado do ar para os alvéolos, através de finas paredes, e levado para o sangue nos capilares. Ao mesmo tempo, o dióxido de carbono vai pela mão contrária, para ser expirado.

Recado do Professor
Quem quer jogar tênis?

- Como uma quadra de tênis pode caber dentro do seu peito? Há 700 milhões de alvéolos compactados nos seus pulmões, formando uma grande área de absorção de oxigênio. Se todos os seus alvéolos fossem estendidos, poderiam cobrir uma quadra de tênis.

Superdica
Cigarros e charutos

As vias aéreas e os pulmões odeiam fumaça de cigarro. A fumaça os entope de alcatrão, causando falta de ar e "tosse de fumante", e aumenta o risco de infecção nos pulmões assim como de danos ao coração e aos vasos sanguíneos. Ela ainda aumenta as possibilidades de câncer nos pulmões, boca e outras partes do corpo.

16 Dicas e toques do Professor Proteína sobre Exercícios

Para dentro, para fora, para dentro, para fora

A respiração é impulsionada pelos músculos.

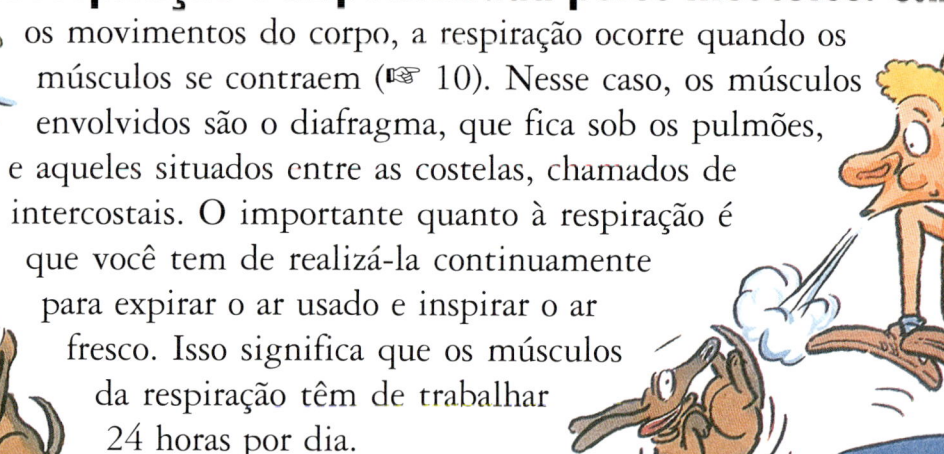

Como todos os movimentos do corpo, a respiração ocorre quando os músculos se contraem (☞ 10). Nesse caso, os músculos envolvidos são o diafragma, que fica sob os pulmões, e aqueles situados entre as costelas, chamados de intercostais. O importante quanto à respiração é que você tem de realizá-la continuamente para expirar o ar usado e inspirar o ar fresco. Isso significa que os músculos da respiração têm de trabalhar 24 horas por dia.

Superdica
Respiração

Se você estiver com falta de ar, incline-se levemente para a frente, com as mãos nos quadris. Essa posição favorece a respiração. Use também os músculos do pescoço, ombros e abdome para ajudar os músculos da respiração.

Recado do Professor
Quanto ar? – 1

- Em descanso, você inspira e expira meio litro de ar. Respirando de 12 a 15 vezes por minuto, você usará cerca de 6 litros de ar a cada 60 segundos.

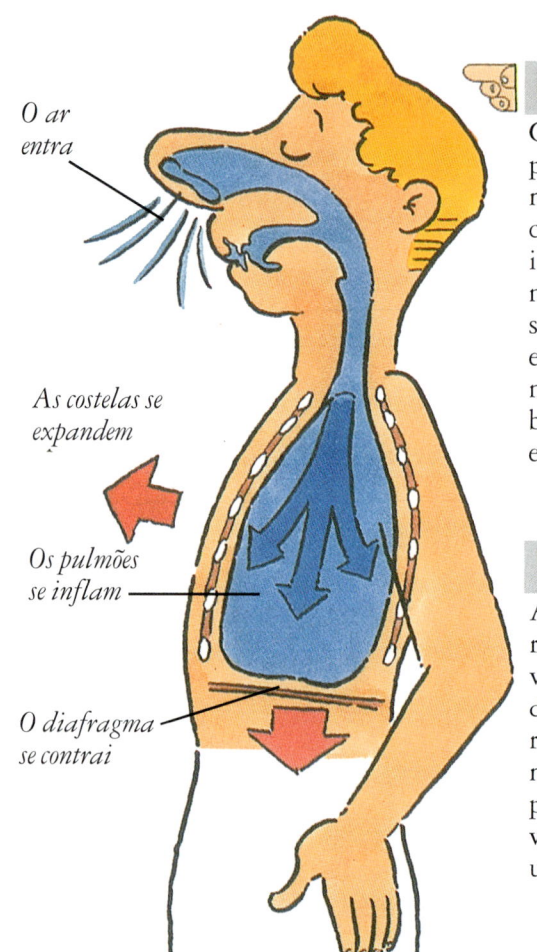

Inspirando

Como uma gaita de foles, seus pulmões são expandidos pelos movimentos do diafragma e da caixa torácica, permitindo-lhe inspirar o ar. Na respiração normal, esses movimentos não são muito acentuados. No entanto, quando muito ar se faz necessário, suas costelas ajudam bastante na inspiração do ar extra.

Expirando

Aqui já é mais fácil – basta relaxar. A caixa torácica volta à sua posição de descanso e o diafragma relaxa. Juntos, esses movimentos comprimem os pulmões, reduzindo o seu volume e levando o ar já utilizado para fora.

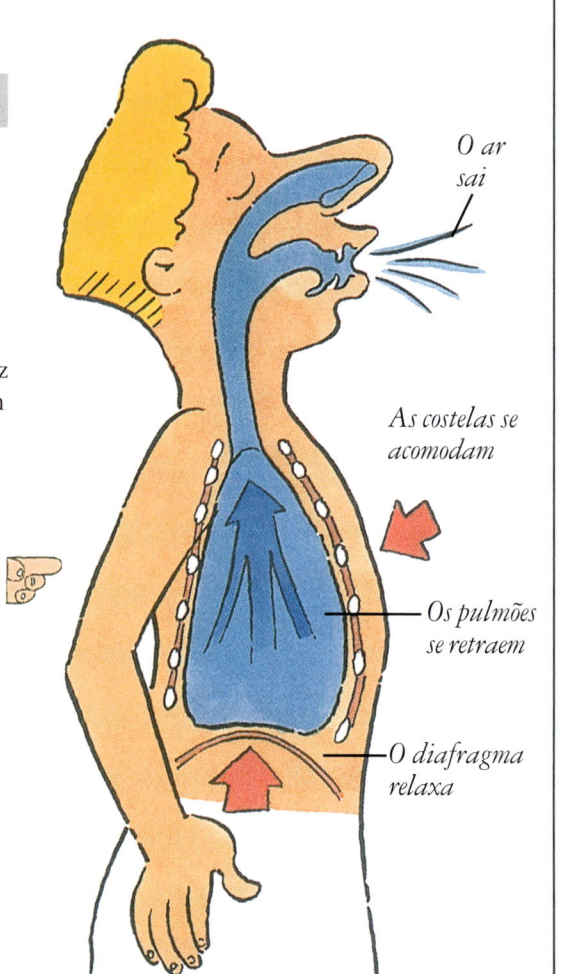

O ar entra
As costelas se expandem
Os pulmões se inflam
O diafragma se contrai

O ar sai
As costelas se acomodam
Os pulmões se retraem
O diafragma relaxa

17 Dicas e toques do Professor Proteína sobre Exercícios
Respirando melhor

Rápida e profundamente. Logo que você inicia seu exercício, seus músculos começam a usar mais oxigênio. Você precisa respirar mais rápida e profundamente, para trazer ar extra para os seus pulmões. Assim, oxigênio extra entrará no seu sangue e será levado a todas as partes do seu corpo (☞ 18). Os músculos em atividade produzem mais dióxido de carbono, mas felizmente a expiração profunda se encarrega de eliminá-lo. Mexa-se e trabalhe esses músculos da respiração para melhorar o terceiro requisito básico (lembra-se?) – a RESISTÊNCIA.

Recado do Professor
Quanto ar? – 2

• Após o exercício, seu volume de respiração pode subir para 4 litros, e a respiração pode aumentar para 60 vezes por minuto. Isso significa que você pode respirar 240 litros por minuto – 40 vezes o volume quando você está em descanso!

Dicas e toques
Empurre para fora

Ajude seus pulmões a se livrar do ar ruim, forçando a expiração. Ao expirar, contraia seus músculos abdominais e seu estômago. Assim, estará pressionando seus pulmões de baixo para cima, forçando a saída do ar.

Respirando resistência

O exercício torna os músculos mais fortes e saudáveis, inclusive os da respiração. Ao se fortalecerem, eles melhoram a respiração, usando mais oxigênio por períodos mais longos e aumentando sua resistência.

Ritmo da respiração

Ao se exercitar, tente respirar no ritmo dos movimentos do seu corpo. Isso ajuda na respiração e no exercício.

Problemas de respiração

Algumas pessoas são propensas a ter asma ou outros problemas respiratórios. Essas pessoas deveriam ter sempre à mão um inalador ou medicamento específico, em caso de necessidade.

18 Dicas e toques do Professor Proteína sobre Exercícios
Tum-Tum, Tum-Tum, Tum-Tum

E agora, o coração da questão. A respiração traz o oxigênio vital para os pulmões, para que você continue vivendo. Mas como o oxigênio se espalha para o resto do seu corpo? É agora que o sangue entra em cena e sai. O sangue flui dos pulmões para o coração. A forte pulsação leva-o para todas as partes do corpo, do topo da cabeça à ponta dos pés. Quando o coração bombeia, aproximadamente uma vez a cada segundo, ou mais depressa, ouve-se um som parecido com tum-tum, tum-tum. Como esse som é produzido é o que veremos agora.

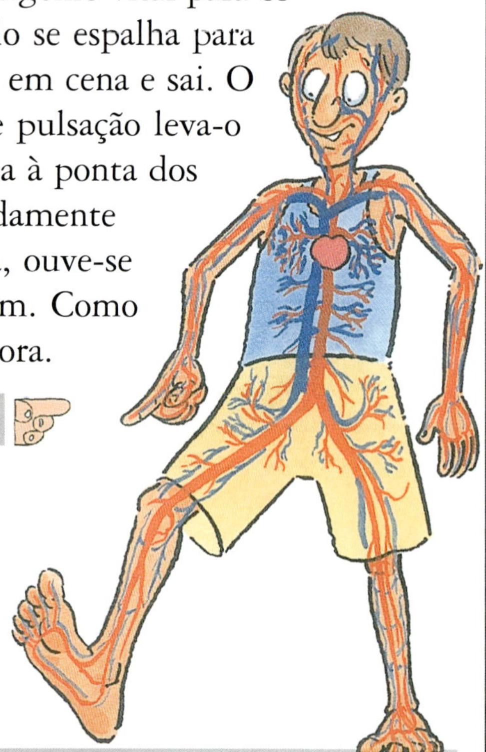

Superdica
Coração saudável

As paredes do coração são praticamente formadas de músculo sólido. É um tipo especial de músculo, chamado músculo cardíaco ou miocárdio, que nunca se cansa. Como os demais músculos, ele se fortalece e se beneficia com o exercício. Esse é mais um grande motivo para você se exercitar.

As duas partes do coração

O coração tem duas partes, que chamaremos de bombas: a bomba esquerda envia o sangue para todas as partes do corpo, deixando oxigênio e trazendo dióxido de carbono. Esse sangue retorna pela bomba direita, que o envia para os pulmões para obter mais oxigênio. Após isso, volta pela parte esquerda, e assim por diante...

Aurículas e ventrículos

O sangue entra no coração por meio de finos vasos chamados veias. Essas veias o levam para as duas câmaras superiores, chamadas átrios. Dali, o sangue desce para as câmaras inferiores, chamadas ventrículos. Os ventrículos forçam o sangue, sob alta pressão, a entrar nos vasos de paredes grossas, chamados artérias.

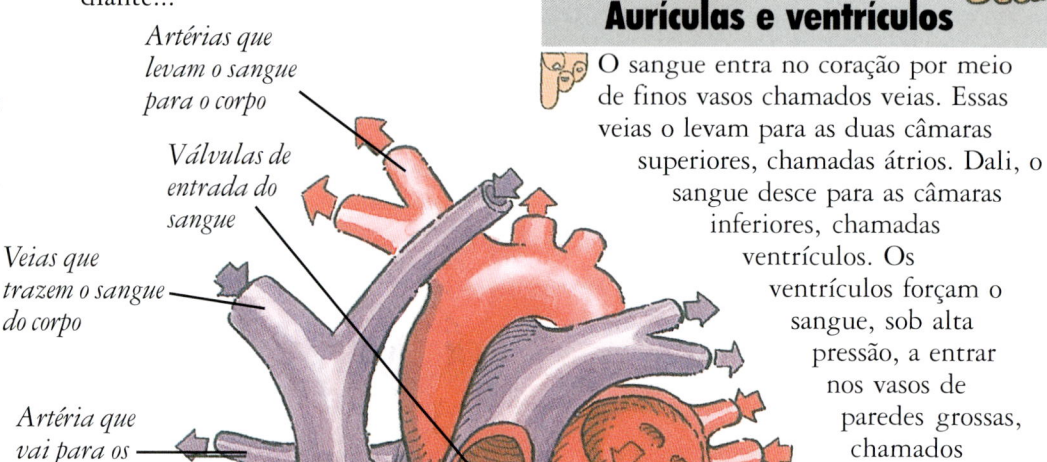

Recado do Professor
Por que tum-tum?

- É o som de um coração batendo. Você pode ouvir esse som colocando a cabeça no peito de um amigo ou, se for médico, usando o estetoscópio. O som é produzido pelas válvulas do coração se fechando após a passagem do sangue, para evitar que ele flua na direção errada.

Artérias que levam o sangue para o corpo

Válvulas de entrada do sangue

Veias que trazem o sangue do corpo

Artéria que vai para os pulmões

Átrio direito

Veias que vêm dos pulmões

Ventrículo direito

Átrio esquerdo

Ventrículo esquerdo

Artérias que levam o sangue para o corpo

19 Dicas e toques do Professor Proteína sobre Exercícios
Acompanhe o ritmo

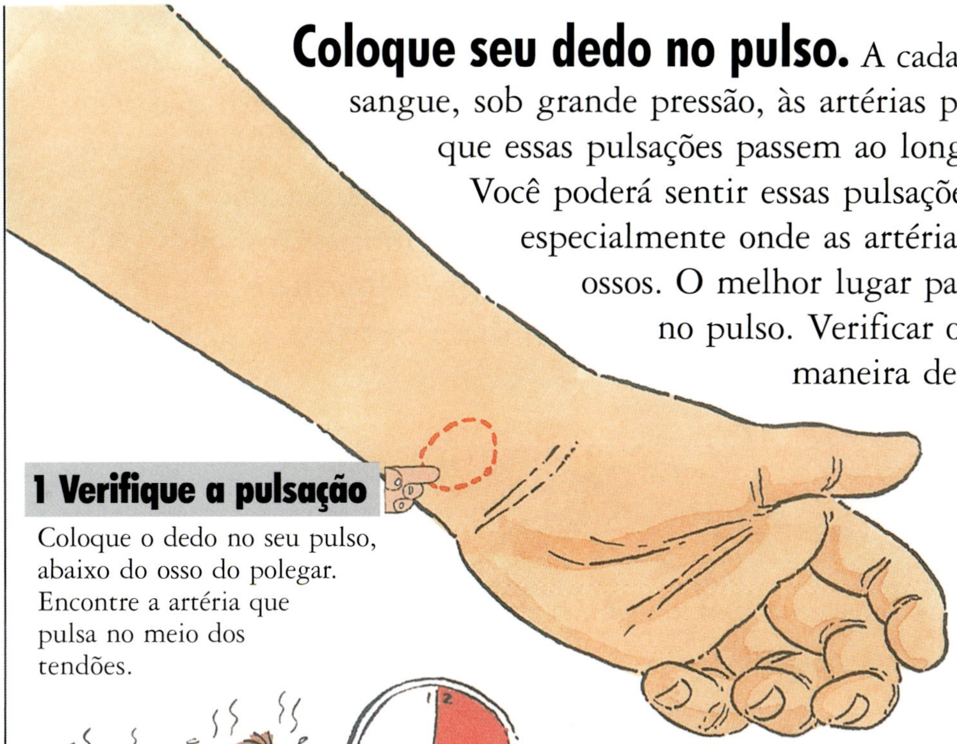

Coloque seu dedo no pulso. A cada batida, seu coração leva o sangue, sob grande pressão, às artérias principais. Essa pressão faz com que essas pulsações passem ao longo das paredes das artérias. Você poderá sentir essas pulsações em várias partes do corpo, especialmente onde as artérias passam por cima de juntas e ossos. O melhor lugar para sentir isso é a artéria radial, no pulso. Verificar o ritmo da sua pulsação é uma maneira de monitorar sua boa forma.

1 Verifique a pulsação
Coloque o dedo no seu pulso, abaixo do osso do polegar. Encontre a artéria que pulsa no meio dos tendões.

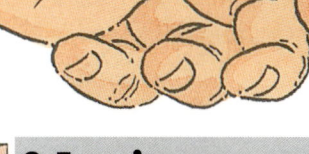

2 Conte suas pulsações
A pulsação é o número de batidas por minuto. Você precisará de um relógio. Conte as pulsações em meio minuto, depois multiplique por dois (para economizar tempo). Essa é a sua pulsação, por minuto, quando em descanso.

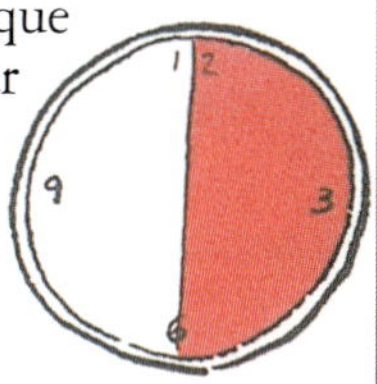

3 Exercite-se
Faça cinco minutos de exercícios pesados, como correr velozmente, e pare. Em seguida verifique sua pulsação a cada minuto, até que ela retorne ao número de batidas por minuto quando em descanso. O tempo que isso leva é o tempo da sua recuperação.

4 Entre em forma!
Agora, exercite-se por várias semanas e entre em forma. Repita os passos 1, 2 e 3. Seu tempo de recuperação diminuiu? Assim você verifica como o seu coração reage ao trabalho extra. O tempo de recuperação é um guia para a boa forma em geral.

Recado do Professor
- Quando você se exercita, seus músculos trabalham e precisam de mais oxigênio e de outros suprimentos que são trazidos pelo sangue. Para isso, o coração bate mais depressa, a fim de mandar mais sangue para os músculos.

Dicas e toques
Pulsações

Essas são as pulsações médias, por minuto, quando em descanso:

- 7 anos: 80-85 • 10 anos: 75-80 • Adultos: 65-75

Mas lembre-se: ninguém na verdade tem exatamente essas médias. Isso é apenas um guia geral para o seu uso.

20 Dicas e toques do Professor Proteína sobre Exercícios
A forma que o corpo usa para dizer "Pare!"

Não se exceda! Corra, abaixe, levante, vire, gire, puf, puf! Isso foi demais! Diminua. Ofegante? Músculos cansados? Articulações doloridas? É o que acontece quando se tenta correr uma maratona estando fora de forma. Rapidinho, seu corpo irá dizer BASTA! Como qualquer máquina complexa, afinada, o corpo humano tem seus limites. Se você tenta ultrapassar esses limites, o sinal de alerta se acende: PARE! Ouça essa advertência. Exercite-se gradualmente e pratique mais vezes, para melhorar seu desempenho. Levará dias e semanas, mas é a melhor forma de fazer isso!

Puf, puf
Ao se exercitar você respira mais depressa para obter mais oxigênio para o trabalho dos músculos. Mas há um limite. Chegue quase a esse limite e avance devagarinho. Não fique ofegante a ponto de sentir tontura ou enjoo.

Cãibra
É a contração involuntária de um músculo. Fica duro e tenso – e dói! A causa disso é o acúmulo de um resíduo químico, chamado ácido láctico, nos músculos. (☞ 9 e veja como aliviar a dor.)

Superdica
Fora com os sapatos
Calce um tênis confortável, especial para corrida ou exercício, com suporte na sola e tudo o mais. Você não iria longe com botas pontudas, iria?!

Pontadas do lado
É uma forte dor à esquerda, abaixo das costelas. Os médicos ainda não sabem muito bem por que isso acontece, mas desconfiam que seja porque o diafragma não recebe muito oxigênio e se cansa depressa, causando essa dor forte do lado.

Recado do Professor
Sue a camisa
• Seu corpo precisa se livrar do calor extra que adquiriu fazendo exercício. Glândulas sudoríparas microscópicas, localizadas embaixo da sua pele, produzem bastante suor, que sai pelos poros e vai para a superfície da pele. Esse suor se evapora, levando junto o calor do seu corpo.

O suor, ao se evaporar, reduz a temperatura do corpo

Poro de suor

Glândula de suor

Pés doloridos
Se o tênis não for adequado, ou estiver gasto, você poderá ficar com os pés doloridos e com feridas e bolhas nos calcanhares e dedos. Meias suadas também irritam a pele e provocam feridas (☞ 34).

Dicas e toques do Professor Proteína

Sobre

Higiene Pessoal

Seu corpo é um zoológico gigante – hospeda milhões de pequenos seres vivos. Na sua maioria, são minúsculos e, felizmente, não são perigosos. Saiba    como se livrar desses seres com os inimigos mortais deles, Água e Sabão!

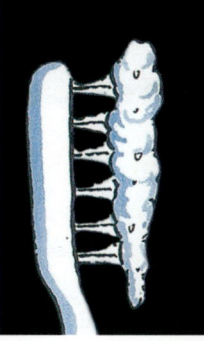

22 Dicas e toques do Professor Proteína sobre Higiene Pessoal
O que há na pele?

Embaixo da sua pele. Como o restante do corpo, a pele é formada por células microscópicas. As células de proteção da superfície da pele são chatas, duras e resistentes e estão ligadas como telhas num telhado. Enquanto você se movimenta, senta, anda, toma banho, enxuga-se e dorme na sua cama, essas células vão se desprendendo e caem. Você perde em média cerca de 50.000 células a cada segundo. Coce o seu queixo – aí vão alguns outros milhões! Mas não entre em pânico, sua pele não vai desaparecer. Embaixo da superfície, mais células estão se multiplicando como loucas, para repor as que foram eliminadas.

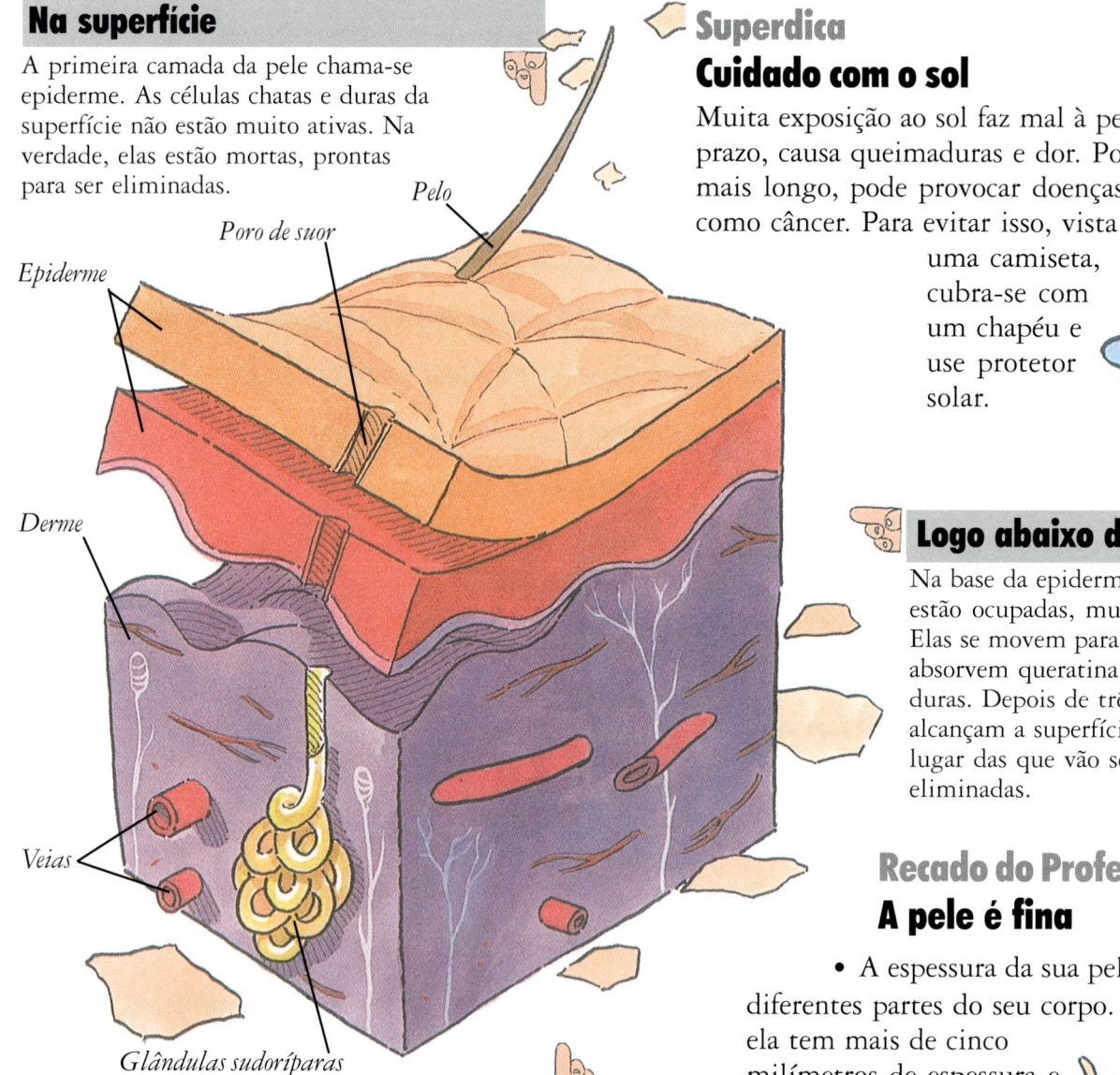

Na superfície
A primeira camada da pele chama-se epiderme. As células chatas e duras da superfície não estão muito ativas. Na verdade, elas estão mortas, prontas para ser eliminadas.

Epiderme
Derme
Veias
Glândulas sudoríparas
Poro de suor
Pelo

Superdica
Cuidado com o sol
Muita exposição ao sol faz mal à pele. Em curto prazo, causa queimaduras e dor. Por um período mais longo, pode provocar doenças, como câncer. Para evitar isso, vista uma camiseta, cubra-se com um chapéu e use protetor solar.

Logo abaixo da superfície
Na base da epiderme as células estão ocupadas, multiplicando-se. Elas se movem para cima e absorvem queratina, o que as torna duras. Depois de três semanas, alcançam a superfície para tomar o lugar das que vão sendo eliminadas.

Recado do Professor
A pele é fina
• A espessura da sua pele varia nas diferentes partes do seu corpo. Na sola do pé, ela tem mais de cinco milímetros de espessura e é muito dura. Nas pálpebras, ela tem menos de meio milímetro de espessura e é muito delicada.

Mais abaixo da superfície
A camada mais profunda da pele é a derme. Ela contém milhões de sensores microscópicos, nervos, vasos de sangue, pelos e poros de suor.

23 Dicas e toques do Professor Proteína sobre Higiene Pessoal
Mantenha a pele limpa e brilhante

Você tomou banho hoje? Não? Arghhh! A pele humana não é autolimpante, como um forno. Ela necessita de banho. Para isso, use água morna e sabonete, disponíveis na maioria dos banheiros. Molhe sua pele com água, passe o sabonete, faça muita espuma, esfregue bem e enxágue, eliminando assim a sujeira e o suor. Se você nunca viu sabonete antes, você o encontrará em pequenas barras, geralmente nas cores branca ou rosa, por vezes trazendo alguma coisa gravada nele. Você pode usar também sabonete líquido. Se não usar sabonete, sua pele continuará suja, pegajosa e malcheirosa.

Recado do Professor
Como o sabonete age

- Minúsculas partículas de sujeira juntam-se e formam manchas maiores, visíveis a olho nu. O sabonete contém uma espécie de substância química, chamada detergente. Sua espuma envolve cada minúscula partícula de sujeira, retirando as manchas e eliminando-as da sua pele. Gradualmente, a mancha de sujeira é dividida em milhões de partículas, que são eliminadas quando enxaguadas.

Da cabeça aos pés

Lave todo o corpo, não somente as partes visíveis! Especialmente embaixo dos braços, entre as pernas e nas dobras da pele. O suor e a sujeira se acumulam nesses lugares, causando mau cheiro.

Use a esponja

Molhe a esponja, apertando-a para eliminar o ar e absorver a água. Em seguida, esfregue o sabonete na esponja e a esponja em você.

Não acumule suor

A pele produz suor, um fluido salgado, com uma importante finalidade: manter o corpo resfriado em condições de calor. A pele também produz sebo, a cera oleosa natural, que a mantém macia e serve como repelente de água. Mas, quando o suor e o sebo secam, eles cheiram mal e atraem a sujeira. É outra boa razão para tomar banho regularmente.

Partículas de sabonete flutuando na água

Partículas de sabonete grudadas numa mancha

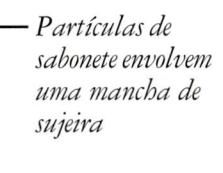

Partículas de sabonete envolvem uma mancha de sujeira

24 Dicas e toques do Professor Proteína sobre **Higiene Pessoal**

Guia das manchas

Manchas aparecem na pele. Mas que tipo de manchas são essas e o que significam? Alguns tipos de manchas e espinhas são causados por falta de higiene – banhos apressados ou mesmo a falta deles. Outros tipos de manchas devem-se a infecção por germes no corpo todo, como sarampo e varicela. Não há muito a ser feito nesses casos, porque são os efeitos de uma doença. Algumas pessoas adquirem manchas enquanto estão crescendo e se desenvolvendo depressa durante a puberdade, depois dos 10 anos. Entre os outros tipos de mancha estão...

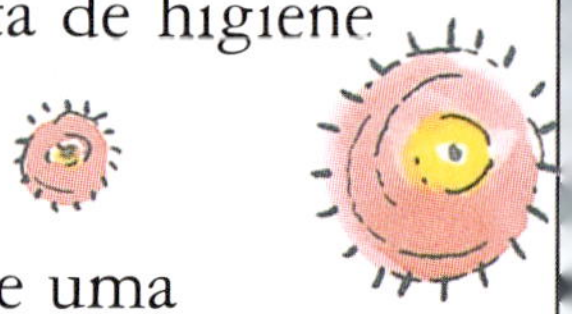

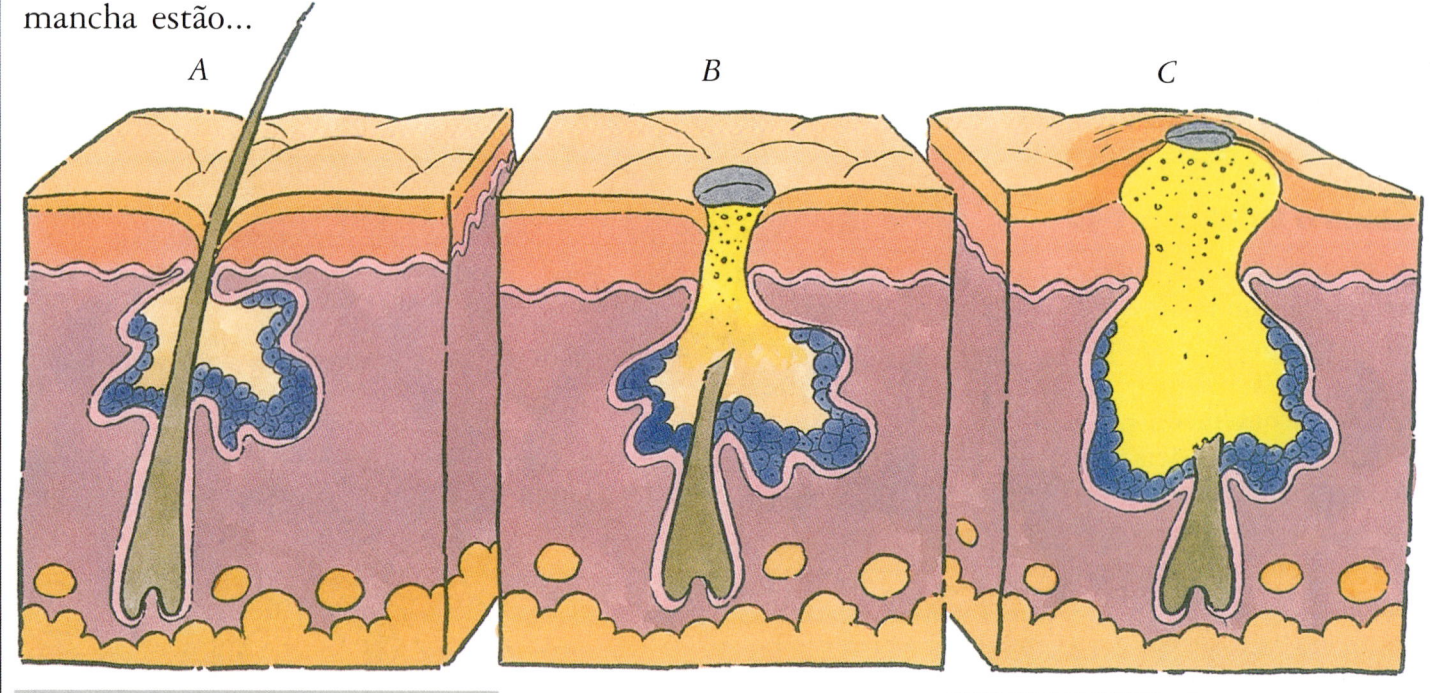

A   *B*   *C*

Cravos e espinhas

Algumas manchas aparecem nas pequenas cavidades da pele onde nascem os pelos, chamadas folículos (A). O folículo fica entupido pela oleosidade natural da pele ou pelo sebo (B). Ali se junta a sujeira. Os óleos naturais grudam-se embaixo da pele, fazendo com que a espinha ou o cravo surjam (C).

Verrugas

A verruga nasce de um pequeno ponto na pele, infectado por um vírus. A pele desenvolve uma pequena bolota, às vezes parecida com uma couve-flor, com pequenas manchinhas pretas dentro, que são veias coaguladas. Existem cremes e pomadas que resolvem esse problema.

Erupções

Sarampo, catapora, rubéola e outras doenças infecciosas similares produzem vários tipos de erupções na pele. Além das erupções, elas fazem as pessoas se sentirem mal devido aos outros sintomas que apresentam, como febre e tosse.

Furúnculos

O furúnculo se desenvolve da mesma maneira que o cravo e a espinha, quando sujeira, óleo ou cera bloqueiam os folículos capilares. Há também germes envolvidos nisso, os chamados estafilococos. Eles infestam o local, tornando-o vermelho, inchado, com pus e muito sensível.

25 Dicas e toques do Professor Proteína sobre Higiene Pessoal
Mais manchas, manchinhas e manchonas

☞ ...Mordidas ou picadas, feitas por minúsculas criaturas, como mosquitos, pulgas, piolhos, carrapatos, abelhas e outros insetos. Outras manchas aparecem em virtude do contato com plantas, como urtiga ou prímula. Algumas pessoas têm pele muito sensível e ficam cheias de manchas quando tocam em certas coisas, como detergente. Há também manchas de nascença, sardas e pintas. Raramente uma mancha ou marca significa alguma coisa mais séria. Em caso de dúvida, visite um especialista – seu médico. Algumas marcas podem ser encobertas com maquiagem, tratadas (queimadas com gelo seco) ou extirpadas (☞34 para mais manchas!).

Sardas
As sardas são simplesmente pontinhos com um pouquinho a mais da substância que colore a pele, chamada melanina. A melanina é que faz sua pele tornar-se bronzeada ao sol. As sardas são notadas com mais frequência no rosto, mãos e braços. Elas se acentuam com o sol e formam pequeninas manchas.

Pintas
As pintas são muito parecidas com as sardas, mas geralmente um pouco maiores. São pequenas áreas na pele que contêm mais melanina do que as áreas que as cercam. Geralmente são inofensivas. No entanto, se sofrerem alguma mudança ou crescerem (veja abaixo), será melhor consultar um médico.

Recado do Professor
Alergias da pele
• Algumas pessoas são extremamente sensíveis a substâncias contidas no sabão, tintas, vernizes, plantas, alimentos, e até em certos metais, como o níquel (mas dificilmente são alérgicas a deveres de casa). Quando tocam nessas substâncias, a pele fica vermelha e empipocada, algumas vezes coça e forma bolhas. O nome disso é eczema ou dermatite de contato. Cremes hipoalergênicos para a pele podem ajudar a eliminar esses problemas.

Marca de nascença
O marcador de livros mostra a página que você está lendo, quando fecha o livro. Uma marca de nascença é outra coisa. Ela geralmente é uma densa aglomeração de finas veias na pele, chamada nevo. Essas marcas podem ser removidas com um tratamento especial a laser ou simplesmente cobertas com maquiagem.

Superdica
Quanto mais cedo, melhor
Consulte um médico se você estiver incomodado com alguma mancha ou marca na sua pele, especialmente se ela:
• coça
• sangra
• cresce
• persiste.

Provavelmente não haverá nada com que se preocupar. Mas, se houver crescimento da mancha ou marca, quanto mais cedo procurar um médico, melhor.

26 Dicas e toques do Professor Proteína sobre Higiene Pessoal

Fique embaixo do chapéu

Hoje, uma vasta cabeleira; amanhã, uma brilhante careca.

Uma pessoa tem em média cerca de 125.000 fios de cabelo na cabeça. Sessenta fios de cabelo caem, em média, diariamente. Não entre em pânico – isso não significa que você está ficando careca. Nos jovens, os cabelos perdidos são substituídos por novos fios. Seu corpo todo tem cabelos – ou pelos – que crescem o suficiente para serem notados na cabeça (e em algumas outras regiões do corpo). O cabelo é feito de uma proteína chamada queratina, que também forma as unhas e a superfície da pele. Cascos, garras e chifres de vários animais também são feitos de queratina!

Recado do Professor
A cor do cabelo

• O cabelo obtém sua cor da melanina, a mesma substância que colore a pele. Os cabelos podem ser tingidos de várias cores ou ser descoloridos. Mas, quando crescem, vêm com a sua cor natural.

Fio de cabelo

O fio de cabelo é como uma varinha, feita de células chatas, espremidas juntas. Um fio de cabelo é tão resistente quanto um fio de cobre da mesma espessura.

Folículo capilar

O formato da abertura do folículo determina se o cabelo crescerá liso, ondulado ou encaracolado. Uma abertura redonda produz cabelo liso, uma abertura oval produz cabelo ondulado e uma abertura em espiral produz cabelo encaracolado.

Caspa

A caspa não é um problema do cabelo. É a produção exagerada de minúsculos flocos de pele pelo couro cabeludo. O tratamento se faz com um xampu medicinal, seguindo-se cuidadosamente as instruções.

Superdica
Escovação inteligente

Comece escovando ou penteando os cabelos do meio para as pontas, para eliminar os nós. Gradualmente, vá penteando cada vez mais perto das raízes e descendo para as pontas. Se você começar pelas raízes, arrastará os nós e formará tufos embaraçados.

A raiz do cabelo

A raiz, dentro do folículo, é a única parte viva do cabelo. Células se multiplicam continuamente para encomprimir a base dos fios, empurrando-os gradualmente para cima e para fora. Uma vez cessado esse crescimento, o cabelo morre e cai.

27 Dicas e toques do Professor Proteína sobre Higiene Pessoal
Cuidados com os cabelos e com as unhas

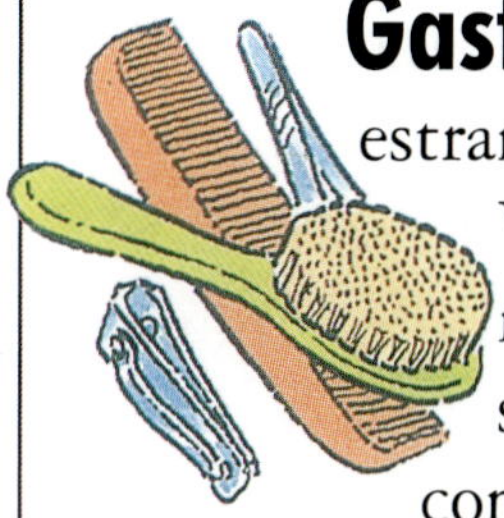

Gastamos milhões no cuidado com os cabelos. O que pode parecer estranho – uma vez que gastamos dinheiro com alguma coisa que já morreu! Você poderá mudar muito sua aparência mudando seu penteado – a maneira como o cabelo é cortado, penteado e, talvez, colorido e seguro por um gel. Qualquer cabelo se beneficia também com a higiene básica, que inclui lavagem, corte e escovação. Da mesma forma, as unhas precisam de corte e limpeza, para não ficarem sujas, quebradiças, infectadas e doloridas.

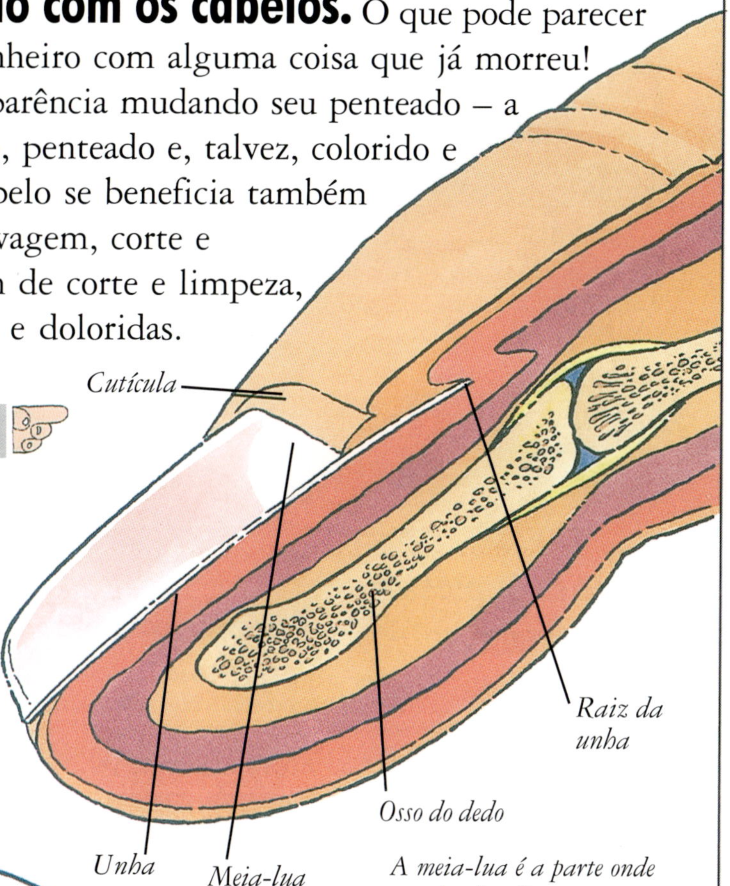

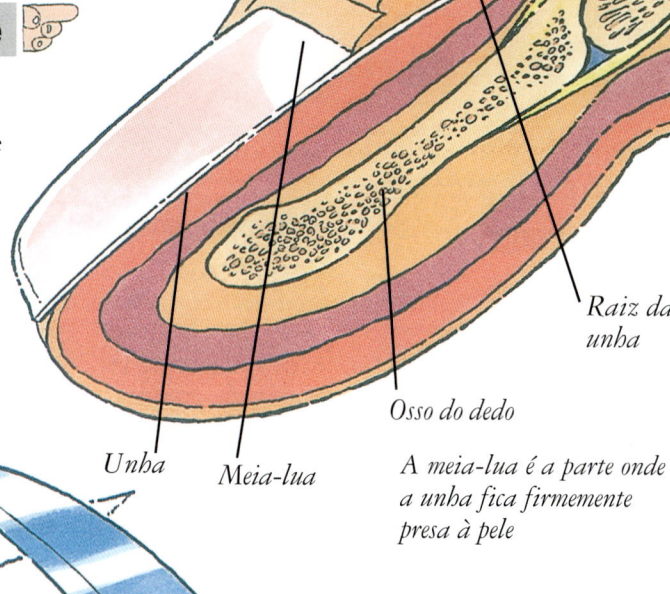

Cutícula

Raiz da unha

Osso do dedo

Unha *Meia-lua*

A meia-lua é a parte onde a unha fica firmemente presa à pele

Como a unha cresce
As unhas, como os cabelos, são células mortas, cheias de queratina. A única parte que cresce é a raiz, logo abaixo da superfície.

Lavagem
Lavamos os cabelos para eliminar sujeira, poeira, nós, pele solta, sebo e óleo, suor seco, resíduos de cremes e até pragas, como piolhos.
Há centenas de xampus à nossa escolha. Em geral, uma lavagem por dia é suficiente.

Dicas e toques
Pontas duplas
Lavagem, escova e secagem podem causar "pontas duplas" no seu cabelo, o que os faz parecer desalinhados. Um corte nas pontas elimina o problema, sem prejudicar o crescimento. Os cabelos crescem, em média, cerca de um milímetro a cada três dias.

Cortando as unhas
Unhas crescidas lascam-se, gastam-se e quebram-se. Corte-as com uma tesoura ou cortador de unhas. Faça isso após o banho, quando estão limpas e levemente flexíveis. Tenha cuidado para não cortar a pele, pois pode doer, sangrar e infeccionar.

Cabelos oleosos
Algumas pessoas têm os cabelos lisos e oleosos. Isso não é um problema, mas uma característica natural de certos tipos de cabelo. Basta lavá-los com um xampu específico.

Superdica
Roer unhas
Preste muita atenção: não roa as unhas! Tanto as das mãos como as dos pés. Unhas roídas lascam-se e podem infeccionar, além de ficar com uma aparência nada bonita.

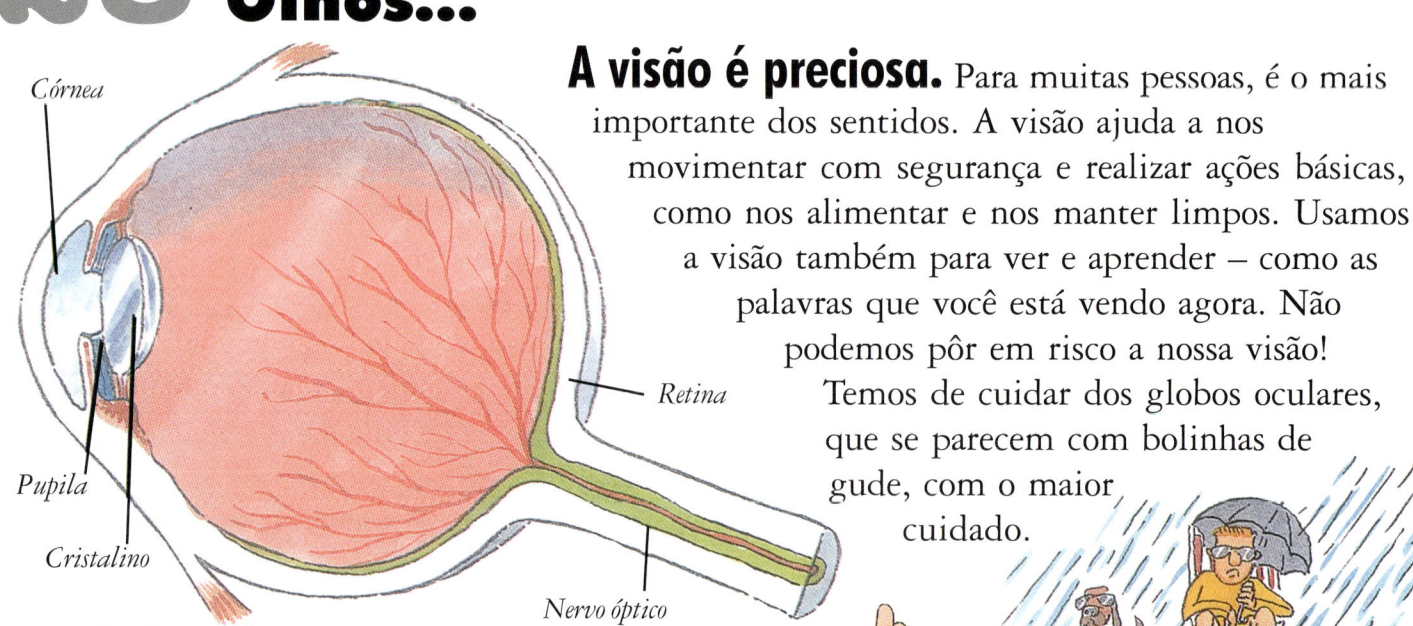

28 Dicas e toques do Professor Proteína sobre Higiene Pessoal
Olhos...

Córnea
Pupila
Cristalino
Retina
Nervo óptico

A visão é preciosa. Para muitas pessoas, é o mais importante dos sentidos. A visão ajuda a nos movimentar com segurança e realizar ações básicas, como nos alimentar e nos manter limpos. Usamos a visão também para ver e aprender – como as palavras que você está vendo agora. Não podemos pôr em risco a nossa visão! Temos de cuidar dos globos oculares, que se parecem com bolinhas de gude, com o maior cuidado.

Recado do Professor
Esforço visual

- Os olhos podem ficar cansados, irritados e doloridos por várias razões:
- Luz excessivamente clara e brilhante, aquela que nos faz semicerrar os olhos.

Procure uma sombra!

- Luz fraca, especialmente quando tentamos enxergar coisas pequeninas. Mais luz!
- Problema visual, como vista curta. Procure um oftalmologista!

- Problema de saúde, como infecção na vista. Procure um médico com urgência!

Protetor de olhos

Use um visor, óculos protetores ou outra espécie de proteção quando a atividade que estiver realizando produza partículas flutuantes no ar, como quando serramos madeira, processamos alimentos, soldamos metais ou misturamos tintas.

Lentes extras

Óculos ou lentes de contato ajudam a corrigir a visão, para podermos ver claramente. Visão embaçada ou turva ou olhos lacrimosos podem causar acidentes e ferimentos. Em algumas situações, como ao dirigir um veículo, não usar lentes quando prescritas é contra a lei!

Olhos protegidos do sol

Óculos de sol são legais e ainda protegem os seus olhos. Óculos de sol adequados quebram a claridade e filtram os raios ultravioleta, que podem causar danos à visão.

Superdica
Seus olhos vão bem?

Visite o oftalmologista uma vez por ano, para que ele examine os seus olhos. O médico pode detectar problemas ainda no início e prescrever um tratamento mais eficaz. Você poderá não notar que sua vista está ruim, até tentar ler as letras menores do teste de acuidade visual.

29 Dicas e toques do Professor Proteína sobre Higiene Pessoal
...orelhas, nariz

O corpo possui vários pares de orifícios. Pelas orelhas entra o som, para que possamos escutar. Pelos buracos do nariz entra o ar, para que possamos respirar. Esses buracos filtram naturalmente partículas suspensas no ar, poeira, sujeira, germes, e, ocasionalmente, mosquitos e outros insetos. Esses orifícios têm mecanismos naturais de autolimpeza. Assim, não há muito a fazer, além de examiná-los regularmente – usando um espelho, claro.

Não vá além da linha pontilhada

Cotonete *Orelha externa* *Canal da orelha* *Buraco da orelha*

Protetores de orelha
Os protetores de orelha são úteis para evitar poeira, sujeira e barulho. Ruídos altos, especialmente quando se usam fones de ouvido, podem danificar sua orelha interna e causar surdez. OUÇA as advertências – enquanto você ainda pode.

Dor na orelha
Há muitas causas possíveis para a dor na orelha interna, desde um simples resfriado, acúmulo de cera até mesmo infecções sérias. Não introduza coisas na sua orelha para não pôr a sua audição em perigo. Consulte um médico para o diagnóstico correto.

Limpe as orelhas
Lave dentro, em volta e atrás das orelhas normalmente. Se o buraco da orelha aparentar estar sujo, lave em volta, usando um cotonete. Não introduza nada no canal da orelha interna.

FIO "ORELHAL"

Sangramento no nariz
A mucosa do nariz possui um rico suprimento de sangue, para aquecer o ar que entra. Até um pequeno esbarrão pode causar sangramento. Se isso acontecer, incline a cabeça para a frente e aperte o nariz por 10 minutos, enquanto respira pela boca. Quando parar o sangramento, não assoe o nariz por algumas horas.

Dicas e toques
Cera da orelha
A pele dentro do canal da orelha fabrica uma cera que filtra poeira e outras partículas. Quando você fala ou mastiga, está ajudando a eliminar essa cera. Portanto, se sair algo estranho do orifício da sua orelha, isso é perfeitamente natural.

Superdica
Assoar o nariz
O muco nasal impede a entrada de poeira e germes. Não aspire essa sujeira – assoe o nariz, de preferência num lenço descartável. E não assoe muito forte, pois poderá causar dano à mucosa nasal e fazê-la sangrar. A infecção que causou o seu resfriado pode se espalhar para outras áreas mucosas, como orelhas e garganta.

30 Dentro da boca

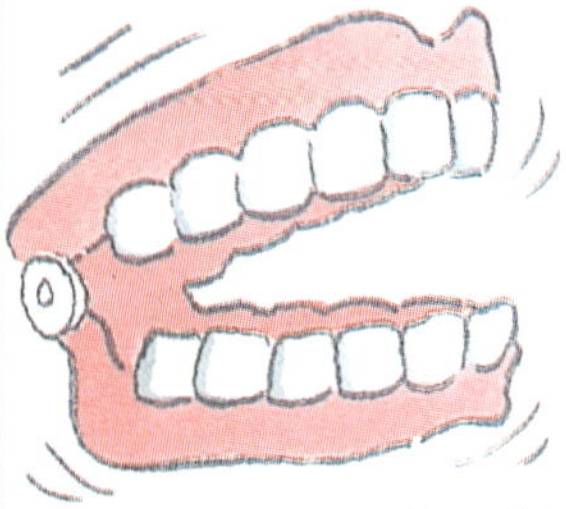

Dicas e toques do Professor Proteína sobre **Higiene Pessoal**

Morda, mastigue, triture, engula. Seus dentes são incríveis. Dia após dia, mastigam e trituram suas refeições e até alimentos muito duros, como grãos. A gengiva ao redor deles ajuda nesse trabalho árduo. Mas dentes e gengivas também são vulneráveis. Podem ser atacados por alimentos estragados, que são multiplicadores de germes. A higiene oral é muito importante para termos dentes, gengivas e boca limpos e saudáveis.

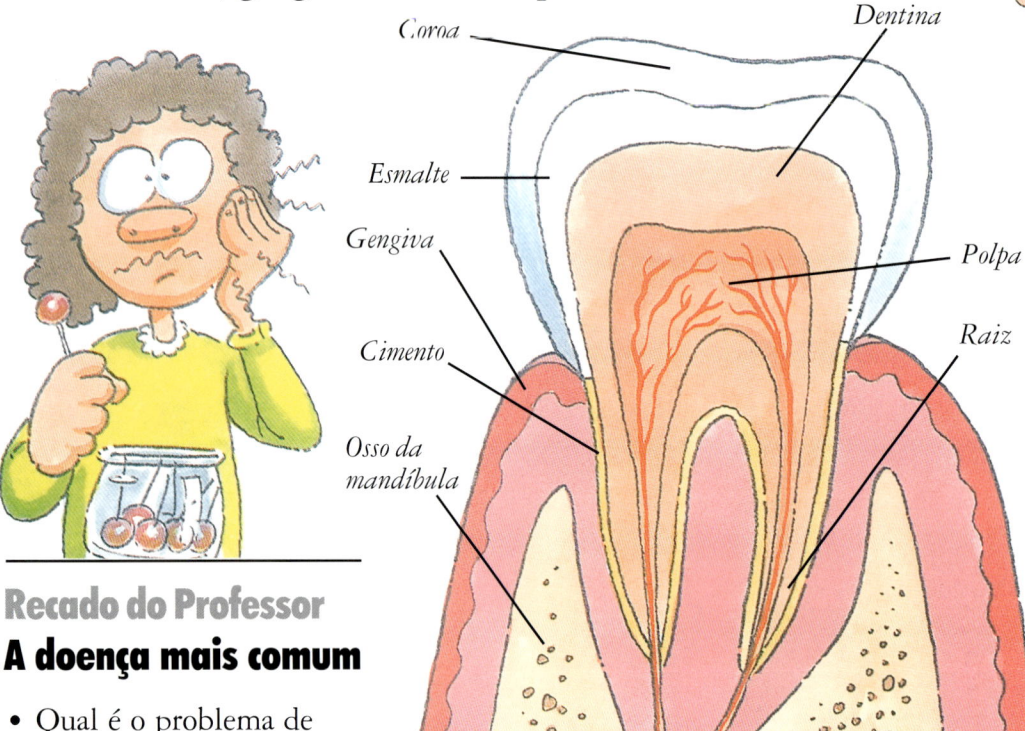

Coroa, *Dentina*, *Esmalte*, *Gengiva*, *Polpa*, *Cimento*, *Raiz*, *Osso da mandíbula*

Dentro do dente

A camada mais dura do dente é o esmalte, que cobre a parte visível do dente – a coroa. Embaixo do esmalte há uma camada de dentina, ligeiramente mais macia, que absorve os choques. Dentro do dente está a polpa, com suas veias e nervos. A raiz do dente está fixada no osso da mandíbula com cimento natural.

Recado do Professor
A doença mais comum

• Qual é o problema de saúde mais comum em muitos países? Resfriados? Dores nas costas? Não, o problema mais comum são as cáries e a doença da gengiva, a gengivite. Uma das causas é comer muito doce, muito açúcar.

Como os dentes apodrecem

Quando os dentes não são bem escovados, resíduos de alimento permanecem entre eles (1). Germes bacterianos fazem a festa nesses resíduos, causando seu apodrecimento e formação de placas pegajosas (2). Quando as bactérias se alimentam, produzem um ácido, que corrói o esmalte dos dentes (3). Esse ácido vai cavando um buraco na dentina (4). Quando essa erosão atinge a polpa, causa uma forte dor de dente.

Superdica
Os dentistas são legais!

Faça um exame dos dentes a cada 6 ou 12 meses, ou conforme a orientação do seu dentista. Os dentistas mostram como escovar bem os dentes e observam o seu desenvolvimento. Eles também detectam e eliminam cáries, antes que fiquem piores. Não tenha medo, não vai doer nada...

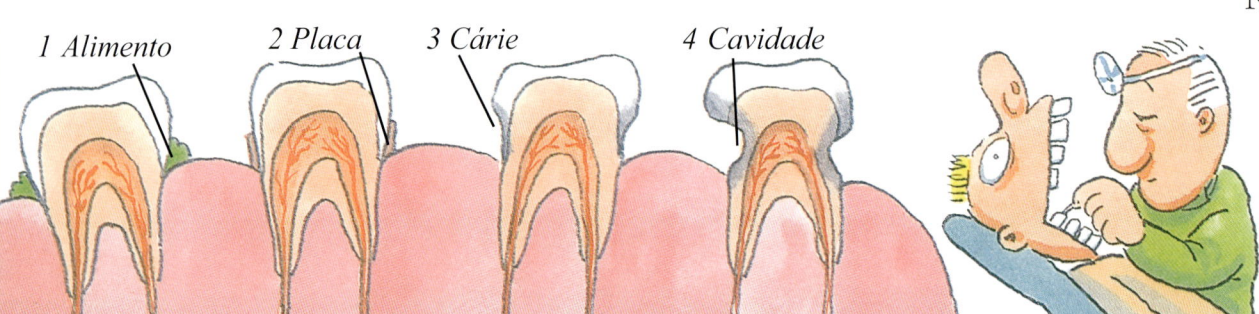

1 Alimento *2 Placa* *3 Cárie* *4 Cavidade*

31 Dicas e toques do Professor Proteína sobre Higiene Pessoal

Quando os dentes têm problemas

Escove, use fio dental, bocheche. Uma limpeza dos dentes muito benfeita inclui escovação, uso do fio dental entre eles e enxágue, cinco vezes ao dia. Pode-se também escová-los duas ou três vezes diariamente, após as refeições – e SEMPRE antes de dormir. É um tempo muito bem empregado. E use a escova apropriada. Tentar limpar os dentes com outras coisas pode ser perigoso! Se os dentes não são bem cuidados, depois pode ser preciso tratar suas cáries durante anos, ou mesmo extraí-los.

Superdica
Flúor

O flúor é um produto químico natural, que aumenta a resistência dos dentes contra cáries. Geralmente, a água que usamos em casa já vem tratada com flúor. Fale com o seu dentista, que provavelmente irá recomendar também o uso de pasta de dente com flúor.

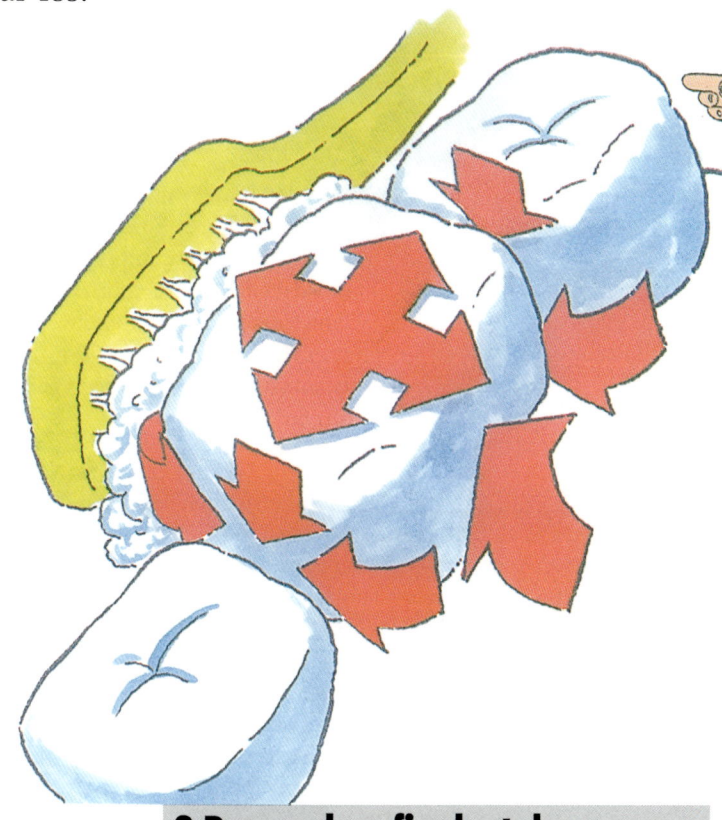

Dicas e toques
Verifique a limpeza

Existem uns tabletes dentários que mostram se seus dentes estão sendo bem escovados. Eles colorem os resíduos de placas bacterianas. Siga as instruções da embalagem e verifique se você está cuidando direito dos seus dentes e gengivas.

1 Escovação

Use bastante creme dental. Escove a arcada dentária de uma ponta à outra e de cima para baixo, faça movimentos giratórios com a escova, para atingir todos os dentes, em especial nos espaços entre eles e onde a gengiva começa.

2 Passando o fio dental

O fio dental é um fiozinho que se passa por entre os dentes. Puxe o fio para a frente e para trás, como se estivesse serrando, a fim de remover os resíduos que possam ter se alojado entre os dentes. Peça ao seu dentista para mostrar como se usa o fio dental corretamente.

3 Enxágue

Bochechos com um antisséptico bucal ajudam a remover placas, matar os germes e completam a higiene de sua boca. Reduzem também o risco de mau hálito, que é frequentemente causado por resíduos de alimentos presos aos dentes, já em fase de decomposição.

32 — Dicas e toques do Professor Proteína sobre Higiene Pessoal
Quando precisamos do nosso melhor amigo

Você tem cheiro – e é natural. Cada corpo humano tem seu odor característico. Mas quão forte é esse cheiro depende do seu dono. Um corpo malcheiroso é muito desagradável e pode afastar as pessoas. E é aí que entra a higiene. Tome um bom banho regularmente, lavando todas as partes do corpo, evitando assim o temido "CC" (cheiro de corpo). De outra forma, mesmo o seu melhor amigo poderá não aguentar o mau cheiro por muito tempo.

Recado do Professor
O que é "CC"?
- O "CC" é uma mistura de odores:
- Corpo suado – o que cheira não é propriamente o suor; são as bactérias que se alimentam dele e depois se decompõem. 
- Odores naturais de sebo e óleo, quando estão há muito tempo na pele.
- Sujeira, poeira e substâncias poluentes absorvidas pela pele. 
- Tudo isso impregnado nas roupas que não são lavadas. Algumas vezes nem é cheiro do corpo, mas odores da roupa suja.

Suor que não se sente
As glândulas sudoríparas da pele fabricam o suor para refrescar o corpo. Quanto mais quente, mais você sua. Mas há também aquele suor menor, mas incessante, mesmo em dias frios. É a chamada transpiração inodora, que produz meio litro de suor por dia. Mesmo quando está refrescado, você está suado!

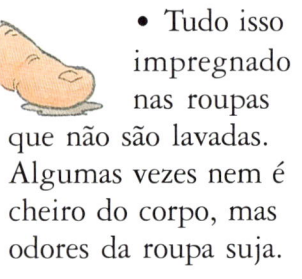

Onde se sua mais?
As glândulas sudoríparas são mais comuns em certas partes do corpo. Essas partes são testa, têmporas, embaixo do braço, palmas das mãos, virilha, atrás dos joelhos e pés. O suor não seca nem evapora em certas partes do corpo, como embaixo do braço, virilha e pés, porque essas partes estão geralmente cobertas. Assim, os odores se concentram nessas áreas – e são elas que você tem de lavar mais cuidadosamente.

Superdica
Não tente disfarçar
Perfumes, águas de colônia e desodorantes podem ajudar a disfarçar os odores, mas só por um certo tempo. Não há substituto melhor do que um bom banho, com água e sabonete. Use os produtos de toalete, se desejar, mas após o banho.

33 Dicas e toques do Professor Proteína sobre Higiene Pessoal
Pegando doenças dos animais

Zoológico ambulante. Você pode estar coberto de milhões de minúsculos seres, incluindo pulgas, piolhos, ácaros, carrapatos, vermes e outras microferas, que estão tentando sobreviver. Esses insetos alimentam-se de sangue e de outros fluidos – e você pode ser o prato principal. Você pode pegar esses minimonstros no campo, dos seus animais de estimação ou até num passeio pela cidade. Na maioria das vezes, você os nota porque picam, coçam e deixam marcas de suas mordidas. Livre-se deles depressa e facilmente, com sabonete e xampu adequados.

Pulgas
A maioria das pulgas que encontramos vive em animais de estimação, como gatos e cachorros. Esses insetos saltitantes perdem-se na pele humana e acabam por nos picar, mas normalmente logo caem fora. Para solucionar o problema na fonte, trate de seus animaizinhos e de suas camas com um produto antipulgas.

Piolhos
Os piolhos são minúsculos e sem cor, vivem nos cabelos e sugam sangue. Esses insetos põem ovos chamados lêndeas, que se agarram aos cabelos com força. Um xampu apropriado, contra piolhos, resolve o problema.

Parasitas
Esses insetos são aracnídeos, primos microscópicos das aranhas. Há milhões de espécies de parasitas. Os da escabiose (sarna) se instalam na pele, põem ovos e causam UMA COCEIRA REALMENTE MUITO CHATA. Esse problema pode ser tratado com um sabão especial, que mata os pobres pequenos parasitas.

Superdica
Assunto de família
Algumas pessoas aparentam estar sempre contraindo problemas de pele. Pode ser que outros membros da família ou amigos íntimos também tenham esses problemas, e assim a doença esteja sempre passando de um para o outro. Consulte o médico ou o farmacêutico para um tratamento que dê resultado. Nesse caso, as outras pessoas também deverão ser tratadas.

34 Dicas e toques do Professor Proteína sobre Higiene Pessoal
Pés, solas e dedos

O que os dedos dos pés têm em comum com os narizes?

Os dois cheiram! Os pés estão geralmente enfiados em meias e sapatos, sem ventilação. Se você não os lavar regularmente e trocar de meias com frequência, eles suam e cheiram mal. Um calo na sola do pé é muito dolorido, uma vez que ela sustenta o peso do corpo inteiro. Lave os pés diariamente com muito sabão e muita água. Use uma bucha para tirar a sujeira dos espaços entre os dedos. (Se você andar sempre se coçando, poderá ser motivo de risadas!)

Pé de atleta

Os atletas não são os únicos a ser afetados – qualquer pessoa pode ter isso. É um tipo de mofo ou fungo que cresce na pele úmida, especialmente entre os dedos. É irritante e coça muito. Lave os seus pés com muito cuidado e seque-os bem, principalmente entre os dedos. Use um pó ou talco antisséptico especial para pé de atleta.

Olho de peixe

É como uma verruga na pele dura das solas dos pés. Parece que se tem uma pedra dentro do sapato! Peça ao farmacêutico um creme ou loção para eliminá-lo.

Calo

É uma autodefesa dos pés. Quando alguma coisa entra em atrito com os pés por muito tempo, eles se defendem fazendo crescer uma pele muito grossa no local. Uma proteção para calos alivia a pressão, e loções também podem ajudar.

Bolhas

Bolhas podem se formar na pele, em qualquer lugar, após uma pressão ou fricção inesperada. Não fure as bolhas – proteja-as com uma gaze macia e esparadrapo.

Recado do Professor
Pé chato – Qual é o problema?

• Algumas pessoas têm "pé chato". É quando a curva, ou arco das solas dos pés, é mais achatada do que o normal. Pés chatos não impedem que as pessoas pulem, andem e corram normalmente.

Dicas e toques
Escolha os sapatos

Há centenas de diferentes tipos de sapatos, desde botas militares até a vacilantes saltos altos. Qualquer que seja sua escolha, assegure-se de que são confortáveis e adequados; caso contrário, poderão causar toda sorte de problemas.

Dicas e toques do  Professor Proteína Sobre

Dieta Saudável

Você come o que você é... Não, você é 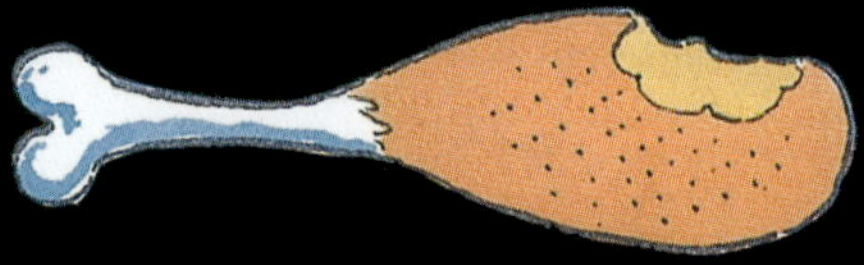 o que você come. Uma alimentação saudável torna você saudável. O segredo é a variedade. Alimentos bem variados, especialmente frutas e  vegetais frescos, são essenciais para uma vida sadia.

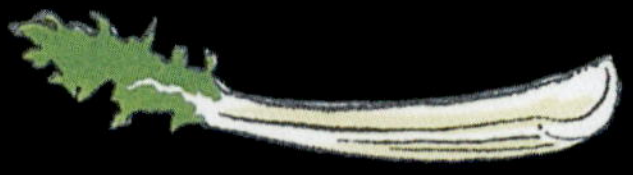

36 Dicas e toques do Professor Proteína para uma Dieta Saudável
Por que os alimentos são bons para você

Carros necessitam de combustível e peças de reposição.

A gasolina contém energia, na forma química, para fazer os carros andarem. E as peças de reposição substituem peças gastas, como pneus e escapamentos. Você não precisa de gasolina nem de peças de reposição. Você precisa dos alimentos que executam as duas tarefas. Em primeiro lugar, os alimentos fornecem a energia que mantém o corpo vivo, em movimento, ativo. Em segundo, fornecem uma variedade de nutrientes e matérias-primas, para que o corpo cresça, mantenha-se saudável e substitua as peças gastas.

Digestão

É o processo de comer, mastigar e engolir os alimentos, misturando-os com os ácidos e fluidos do estômago e intestinos, dissolvendo-os e permitindo que o sangue absorva os nutrientes e os espalhe pelo corpo todo. A viagem começa na boca e termina no ânus.

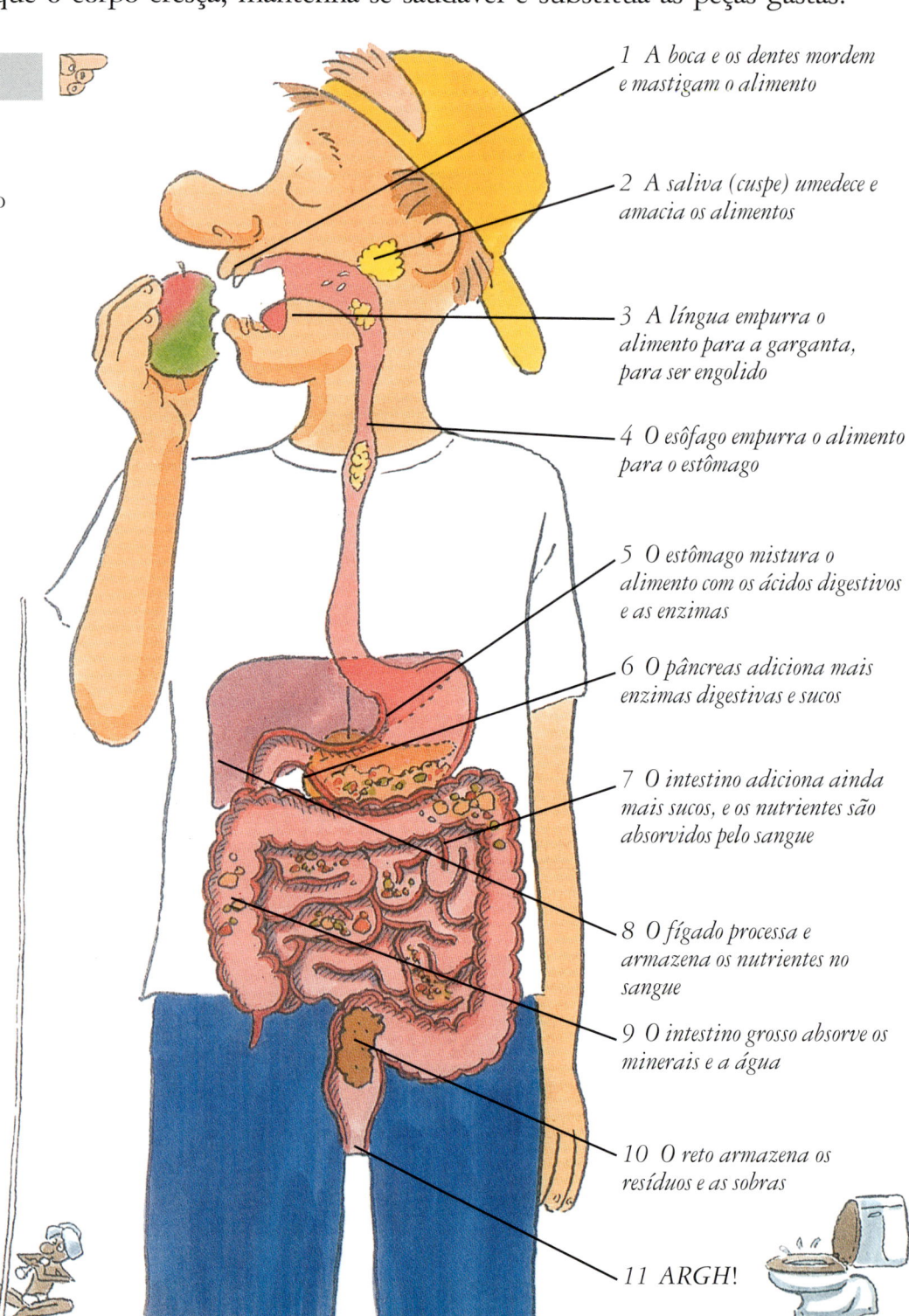

Recado do Professor
Quanto tempo dura a digestão?

• Dura mais ou menos 24 horas e percorre cerca de 9 metros dentro do corpo. O sistema digestório inteiro, da boca ao ânus, é um longo tubo enrolado de forma compacta dentro do abdome, que é a parte do seu corpo que fica logo abaixo da caixa torácica. O alimento leva um dia inteiro para percorrer todo esse tubo, da entrada do alimento até a sua excreção, no final. Alguns alimentos, especialmente os gordurosos, levam um pouco mais de tempo para ser digeridos.

1. *A boca e os dentes mordem e mastigam o alimento*
2. *A saliva (cuspe) umedece e amacia os alimentos*
3. *A língua empurra o alimento para a garganta, para ser engolido*
4. *O esôfago empurra o alimento para o estômago*
5. *O estômago mistura o alimento com os ácidos digestivos e as enzimas*
6. *O pâncreas adiciona mais enzimas digestivas e sucos*
7. *O intestino adiciona ainda mais sucos, e os nutrientes são absorvidos pelo sangue*
8. *O fígado processa e armazena os nutrientes no sangue*
9. *O intestino grosso absorve os minerais e a água*
10. *O reto armazena os resíduos e as sobras*
11. ARGH!

37 Dicas e toques do Professor Proteína para uma Dieta Saudável

Aproveitando as refeições ao máximo

Mastigue, triture, engula. Uma mordida rápida aqui, um gole rápido ali. Não se perde tempo quando se come e se bebe, não é? Seu corpo não iria concordar. Ele anseia por uma boa refeição. Ele é projetado para processar os alimentos enquanto você come, e logo depois. Seu corpo necessita de tempo suficiente para mastigar direito os alimentos, engolir sem pressa nem engasgos e digerir e absorver os nutrientes através do estômago e dos intestinos. Coma devagar, sem pressa – e se delicie!

Um bom café da manhã

O corpo não gosta de esperar muitas horas, depois de despertar, pela primeira refeição. Um bom e variado café da manhã fornece um suprimento fresco de energia e nutrientes, e faz com que a digestão seja benfeita. Uma grande refeição no começo da noite pode empanturrar o sistema digestório e perturbar o sono.

Dicas e toques
"Roncos" abdominais

Quando você tem fome, sua barriga começa a emitir estranhos ruídos. Quando o estômago está vazio e os intestinos se preparam para a digestão, eles misturam, torcem e revolvem os sucos e gases internos. Costumamos dizer que a barriga está "roncando".

Gases

Pum! Arrout! Desculpe! Quando você faz uma refeição, pode engolir até meio litro de ar, e ele pode subir do estômago para a garganta num arroto. O processo digestivo também produz gases, como o metano, chamados flatos. Esses bolsões de gases percorrem os intestinos e são eliminados quando você os solta pelo ânus.

Dietas especiais

Alguns atletas têm dietas especiais como parte do treinamento, normalmente alimentos com altos teores de energia. Mas não experimente fazer isso em casa. Pelo menos não sem a orientação de um treinador ou nutricionista. Caso contrário, poderá fazer mais mal do que bem.

Superdica
Sangue e refeições

Quando você faz uma refeição, uma grande quantidade de sangue vai para o estômago e os intestinos. Esse sangue leva os nutrientes digeridos. Em consequência, as outras partes do corpo, como os músculos, ficam com pouco sangue disponível. Isso faz com que as pessoas que se exercitam logo após as refeições tenham cãibras.

38 Dicas e toques do Professor Proteína para uma Dieta Saudável
Alimentos energéticos

Todo aquele seu pique já foi a pique?
Sim? Talvez você não esteja ingerindo alimentos energéticos suficientes. Esses alimentos contêm nutrientes, conhecidos como carboidratos (porque contêm principalmente carbono, hidrogênio e oxigênio). Os alimentos mais ricos em carboidratos são os amidos e os açúcares. Quando são digeridos, transformam-se no tipo mais simples de açúcar – a glicose, também chamada açúcar do sangue. É o principal tipo de energia usado por todas as partes do corpo.

Recado do Professor
Quanto você ingere?

- A energia é medida em calorias. Quanto mais ativo você for, mais energia você queima.

Em média:

- Um minuto sem fazer nada, deitado, consome cerca de 4-5 calorias.

- Um minuto de caminhada consome 10-15 calorias.

- Um minuto de corrida consome 30-40 calorias.

Doce açúcar
Qualquer alimento doce contém muito açúcar. É energia quase instantânea. O açúcar do chocolate, doces, balas, geleias, bolos e biscoitos é rapidamente absorvido pelo corpo. Porém, esses alimentos contêm muito pouco em termos de nutrientes. E ainda são geralmente danosos para os seus dentes! Alguns vegetais e frutas contêm açúcar, mas também contêm muitos outros nutrientes, sendo uma alternativa muito melhor para você.

Superamidos
Os amidos incluem cereais e grãos, tais como farinha e arroz, pão, massas, batatas, além de algumas frutas e vegetais. Esses alimentos levam mais tempo para ser digeridos do que os açúcares puros, fornecendo mais energia de sustentação. E se forem feitos com grãos integrais, fornecem ainda vitaminas, minerais e fibras.

Dicas e toques
Energia rápida

Quanto de energia um lanche rápido oferece para você? Em calorias:

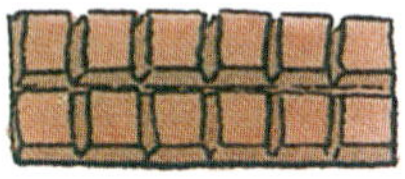

- Maçã 160
- Banana 250
- Barra de chocolate 1.000
- Salgadinho (saco) 600 
- Barra de cereais 200 
- Sorvete (1 bola) 400 
- Amendoim (pacote) 1.000 
- Iogurte 250

39 Dicas e toques do Professor Proteína para uma Dieta Saudável
Alimentos que modelam o seu corpo

O professor diz: "Coma Proteína!". Não porque é o nome dele, mas porque alimentos variados, ricos em proteína, são muito saudáveis. As proteínas são as principais substâncias para o fortalecimento da estrutura do corpo. Formam os ossos do esqueleto, assim como os músculos, nervos e outras partes da estrutura do corpo. As proteínas também são necessárias para o crescimento, manutenção e reparo desses tecidos do corpo. Adicionam ainda sabor, perfume e "prazer" às refeições. Há duas espécies de proteínas – vegetais e animais.

Proteína vegetal

As proteínas vegetais são encontradas na ervilha, no feijão e em outros vegetais do grupo dos legumes. São também encontradas nos grãos e nos produtos integrais, como pães e nozes.

Proteína animal

As proteínas de origem animal são encontradas em todos os tipos de carne, incluindo a carne vermelha, como a de vaca, carneiro ou porco, e a carne branca, como a de frango e outras aves. São também encontradas nos peixes, ostras, frutos do mar e outros produtos que ingerimos diariamente, como leite e ovos.

Recado do Professor
Dissolver, construir

As proteínas são feitas de subunidades, ou blocos, chamados aminoácidos. Os aminoácidos dos vegetais e dos animais são similares. Você ingere e digere proteínas, transformando-as em partículas de aminoácidos. Seu corpo então junta esses aminoácidos numa ordem diferente, para construir as partes do seu corpo.

Superdica
Alergia a alimentos

Algumas pessoas são sensíveis ou alérgicas a certos alimentos. Essas alergias podem aparecer como erupções na pele ou dores digestivas. É muito difícil identificar a substância exata que causa esses problemas, uma vez que os alimentos preparados contêm muitos ingredientes e aditivos. Informe-se com um nutricionista e experimente comer alimentos frescos, naturais, que não sejam processados nem embalados.

40 Dicas e toques do Professor Proteína para uma Dieta Saudável
Alimentos para a manutenção de um corpo saudável

Não se engane – você precisa consumir gorduras. Mas não em demasia. Gordura, óleos e substâncias similares, conhecidas como lipídios, são vitais para seu corpo. Os bilhões de células microscópicas possuem uma "pele", ou membrana, formada em parte por lipídios. Eles também são importantes para os nervos e outras partes do corpo. Porém, não se esqueça: muita gordura não faz bem, especialmente a gordura animal.

Gordura animal

Existem dois tipos de gordura animal. A da carne vermelha e a dos produtos derivados do leite, como manteiga e queijo, são as chamadas gorduras saturadas. A da carne de peixes e a de aves são as gorduras insaturadas. As gorduras insaturadas são um pouco mais saudáveis do que as saturadas. Mas consumir muito de qualquer uma delas causa problemas ao coração, às veias e ao sangue.

Recado do Professor
O que é a gordura no corpo?

• Seu corpo possui uma camada de gordura chamada tecido adiposo. Essa camada é mais grossa em algumas partes, como as nádegas. Como está logo abaixo da pele, ela ajuda a manter o calor do corpo e forma almofadas fofas, que amenizam as quedas. No entanto, se você comer demais (qualquer tipo de alimento), o que sobrar será convertido em gordura e armazenado. É assim que você se tornará obeso ou "gordo".

Gordura vegetal

Muitos vegetais e seus derivados contêm gordura ou óleo, como a azeitona, o girassol, o milho e o abacate. Esses óleos são chamados gorduras poli-insaturadas. São mais saudáveis do que as gorduras saturadas e insaturadas. Porém, mais uma vez, muita gordura de qualquer tipo causa problemas de saúde.

Sem gordura, mais saúde

O corpo geralmente usa carboidratos para tirar deles o máximo de energia. Mas se estão em pequena quantidade nos alimentos, o corpo usa gordura, uma vez que ela contém também muita energia. Qualquer gordura armazenada no tecido adiposo é quebrada e usada como energia. É por isso que a dieta faz você emagrecer.

Dicas e toques
Corte a gordura

• Coma menos hambúrguer, salame, patês e outros produtos gordurosos.

• Coma menos manteiga, creme, queijos muito gordurosos e outros produtos derivados do leite, que possuem um alto índice de gordura.

• Coma menos alimentos preparados com gordura ou óleo. Evite batatas fritas, frituras em geral, bolos e doces.

41 Dicas e toques do Professor Proteína para uma Dieta Saudável
Alimentos saudáveis

Quase todos os alimentos são saudáveis, quando consumidos nas quantidades certas. Há certos tipos de alimento que você pode comer o quanto quiser. São as frutas frescas, vegetais e nozes. Eles são saudáveis porque contêm muitas vitaminas e minerais, além de nutrientes especiais de que o corpo necessita para ficar bem e combater as doenças. Comer muitos tipos diferentes de alimento, que tenham as quantidades certas de nutrientes, é o que chamamos de fazer uma dieta balanceada. Frutas e vegetais compõem uma parte significativa dessa dieta.

Vitaminas

O corpo necessita de 20 vitaminas principais, mas somente em pequenas quantidades. Muitas delas são vitais para o complexo processo químico que ocorre nas células. Sem elas, o corpo sofre de deficiência vitamínica, como raquitismo e escorbuto.

Minerais

Como as vitaminas, os minerais são necessários em pequenas quantidades. Eles incluem o cálcio, que é bom para os dentes e os ossos, ferro para o sangue e iodo para os hormônios. Uma vez mais, qualquer pessoa que se alimente com uma grande variedade de alimentos deve consumir a quantidade suficiente de minerais. Se você for jovem e estiver em fase de crescimento, os produtos derivados do leite também são uma boa fonte de minerais.

Você não pode comer o sol

É verdade. Mas um pouco de sol é parte da sua dieta. A exposição ao sol ajuda o corpo a produzir uma vitamina para seu uso. É a vitamina D. Ela é produzida pela pele e é necessária para o fortalecimento dos ossos. Porém, claro, não tome muito sol, ou estará se arriscando a ter outros tipos de problemas (☞22).

Recado do Professor
Vitamina C

• O ácido ascórbico, ou vitamina C, é encontrado em vegetais e frutas frescos, especialmente passas pretas e frutas cítricas, como laranjas. Os cientistas não estão bem certos se esse ácido também ajuda o corpo a combater infecções. Mas eles sabem que ele é necessário para se ter pele e gengivas saudáveis. Outra boa razão para comer frutas frescas na hora do lanche!

Superdica
Tabletes de vitamina

Algumas pessoas tomam suplementos concentrados de vitaminas e minerais. Isso não deve fazer mal, contanto que sigam as instruções da embalagem. Também não deve fazer bem, especialmente se você consumir uma grande variedade de alimentos. Ainda assim, se você se sente bem tomando esses suprimentos, então eles funcionam!

42 Dicas e toques do Professor Proteína para uma Dieta Saudável
Alimentos que fazem volume

As fibras são descartáveis, mas úteis. As fibras, que constituem boa parte dos alimentos, são formadas por material resistente das plantas, como celulose. Elas não oferecem nutrição e não podem ser dissolvidas para dar a você proteínas ou carboidratos. Na verdade, elas são a maior parte do que sobra após a digestão. Ainda assim, são muito importantes. As fibras tornam o trabalho digestivo mais eficiente e regular, protegendo o organismo contra certas doenças. Coma fibras e elimine-as!

Recado do Professor
Diarreias

- Diarreia é quando as fezes se tornam moles e aguadas. Alguns agentes causadores de diarreia:
- infecção intestinal 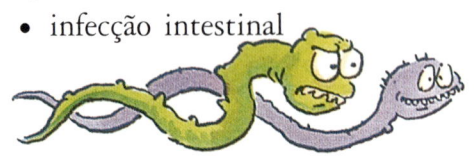
- certos alimentos, como ameixas ou feijão 
- alimentos estragados 
- tensão, excitação ou nervosismo 
- certos tipos de medicamento

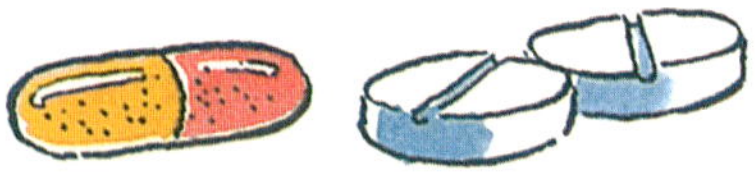

A maioria dos ataques dura somente um dia. Se persistirem e houver muita cólica ou sangue nas fezes, consulte um médico.

Como as fibras ajudam

As fibras adicionam volume ao alimento à medida que ele é digerido. Isso permite que os intestinos massageiem e revolvam o alimento, ajudando, ao mesmo tempo, o exercício dos músculos intestinais. As fibras retardam o itinerário dos alimentos, dando mais tempo para a digestão. Isso ajuda a eliminação dos resíduos (movimentos do abdome), tornando-os macios e fáceis de ser expelidos. Também ajuda na proteção de doenças, como o câncer de colo.

Alimentos com muitas fibras

Geralmente, alimentos frescos contêm uma grande quantidade de fibras, sobretudo legumes, como feijão e lentilha, verduras e algumas frutas. Alimentos e grãos integrais (não refinados), cereais e seus derivados, como aveia, pães integrais e barras de grãos integrais, também têm fibras.

Fibras demais?

Sim, algumas pessoas ingerem fibras demais – mas isso é muito difícil de acontecer! Fibras em demasia, em detrimento de outros nutrientes, podem causar problemas, posto que podem absorver certos minerais dos alimentos.

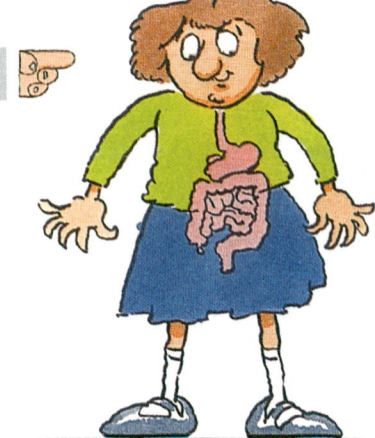

Dicas e toques
Seja "regular"

Algumas pessoas esvaziam os intestinos (defecam) de dois em dois dias ou de três em três. Outras o fazem duas ou três vezes ao dia. Sem problemas, se for regular e indolor. As fibras ajudam a aumentar o volume das fezes, impedindo que se tornem muito duras e difíceis de excretar.

43 Dicas e toques do Professor Proteína para uma *Dieta Saudável*

Lanches rápidos

Os lanches rápidos são realmente prejudiciais? Provavelmente não. Alimentos como hambúrguer, cachorro-quente, batata frita e salgadinhos têm suas próprias seleções de nutrientes. Consumidos esporadicamente, como parte da sua dieta balanceada, não trazem problemas. Mas recorrer às mesmas poucas opções de alimentos todos os dias causa problemas. Não importa o que seja: hambúrguer, batatas fritas, cenouras ou cereais – a mesma coisa, o tempo todo, não é bom para seu corpo. Variedade é a palavra-chave para uma alimentação saudável.

Recado do Professor
Vamos tomar uma bebida?

- O corpo necessita repor 2 litros de água por dia para manter-se vivo. Uma vez que o alimento que você ingere é composto de cerca de dois terços de água, você não precisa beber toda essa água! Tenha o cuidado de ingerir mais água quando estiver se exercitando ou mantendo outra atividade, ou se o dia estiver muito quente e você suar muito, porque aí seu corpo necessitará de mais água. A falta de líquido, a chamada desidratação, pode tornar-se muito perigosa.

10 dicas importantes para uma alimentação saudável

1 Coma uma grande variedade de alimentos. Você irá gostar de alguns, deles!

2 Dedique algum tempo às refeições, em vez de comer apressadamente.

3 Mastigue bem os alimentos. Ajuda no sabor, digestão e excreção!

4 Coma muitos vegetais, legumes e frutas.

5 Não ingira muitos alimentos gordurosos.

6 Coma alguma coisa no café da manhã, para não ficar em jejum por muitas horas.

7 Não cozinhe demais os alimentos. Fervuras prolongadas acabam com os nutrientes, as vitaminas e os minerais.

8 Para um lanchinho entre as refeições, não escolha somente chocolates ou batata frita. Experimente frutas ou uma barra de cereais.

9 Não se esqueça das fibras.

10 Observe seu peso. Consulte uma tabela de altura x peso para saber se você está acima do peso. Caso esteja, coma menos gordura e doces e faça exercícios.

VOCÊ PRECISA COMER MAIS

44 Lave as mãos, por favor...

Dicas e toques do Professor Proteína para uma Dieta Saudável

Os perigos da sujeira.

Germes adoram sujeira. Eles aderem às mãos sujas – ou a qualquer outra coisa suja – e podem contaminar seu alimento e até sua boca. Uma vez dentro dos seus intestinos, eles apreciam a condição morna, molhada, nutritiva, que ali existe. Reproduzem-se loucamente e contaminam os alimentos, causando dor de barriga, doenças e diarreia. É melhor comer alimentos não contaminados.

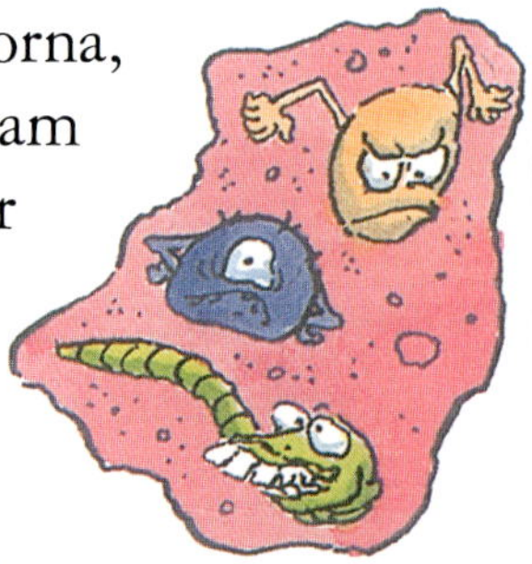

Melhor fora do que dentro

Estômago esquisito. Mal-estar. Rosto pálido. Barriga se contorcendo. O nome técnico para vômito é reversão peristáltica, que empurra o conteúdo do estômago para cima e para fora, através da boca. É a maneira natural que o estômago tem para expelir comida ruim, muita comida, germes na comida e qualquer outra coisa não desejada.

Recado do Professor
Coberto e protegido

- Cozinheiros e outras pessoas que lidam com alimentos devem tomar o máximo de cuidado com a higiene. Os fregueses não iriam gostar nada se lhes fosse servida comida estragada. Os cozinheiros profissionais cobrem seus ferimentos e cortes com esparadrapos azuis, que são mais fáceis de ser identificados quando caem acidentalmente, pois alimentos azuis são raros! Quem tem cortes nas mãos necessita de luvas especiais; de outra forma, não poderá lidar com os alimentos.

Louças e talheres limpos

Mesmo se os alimentos estiverem limpos e bem preparados, talheres ou pratos sujos podem espalhar os germes. Lave talheres, louças e outros utensílios em água quente com sabão (ou na lavadora de louças). As toalhas também devem estar limpas.

Por que lavar as mãos?

Os germes estão pelo ar e se aninham em quase tudo, incluindo você. Lavagens com água e sabão não vão eliminá-los para sempre. Mas certamente diminuirão o risco de contaminação. Se você estiver preparando os alimentos, escove também as unhas. Pode haver um milhão de germes embaixo de cada uma.

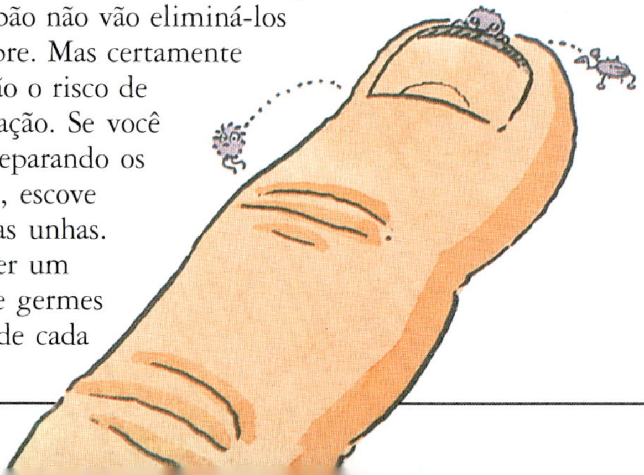

Dicas e toques
Confie nos seus instintos

Se um alimento parecer suspeito, cheirar mal ou tiver gosto ruim, não se arrisque. Evite-o. (Especialmente se for repolho.) A visão, o olfato e o paladar são sentidos que evoluíram em milhões de anos, em parte para nos avisar que certas coisas não são boas para ser ingeridas. Acredite nos seus sentidos.

45 Dicas e toques do Professor Proteína para uma *Dieta Saudável*

As larvas também têm fome

Você mergulharia em excrementos? E depois pisaria nos seus alimentos antes de comê-los? As moscas fazem isso quando têm oportunidade. E elas têm seis pernas, quatro a mais do que você. Por isso, mantenha moscas e outros insetos longe da sua comida. Especialmente, mantenha os alimentos resfriados e em vasilhas fechadas, para que as moscas não possam pôr seus ovos em cima deles. De outra forma, os ovos se transformam em larvas, e você terá de disputar seu alimento com elas. Proteja os alimentos cozinhando-os e armazenando-os de maneira apropriada.

Não assoar nem babar

Você não assoaria seu nariz na comida nem babaria em cima dela. Então, enquanto você está preparando ou fazendo comida, tente não espirrar ou tossir. Isso espalharia centenas de minúsculas partículas de muco sobre ela. As outras pessoas não gostariam de comer seu muco ou cuspe.

Mantenha fresco

Muitos alimentos são mantidos frescos por mais tempo na geladeira. Isso diminui as bactérias que afetam esses alimentos. No entanto, esse procedimento não as elimina, e o alimento acabará por estragar-se. Se você desejar manter os alimentos por um período mais longo, terá de congelá-los num congelador.

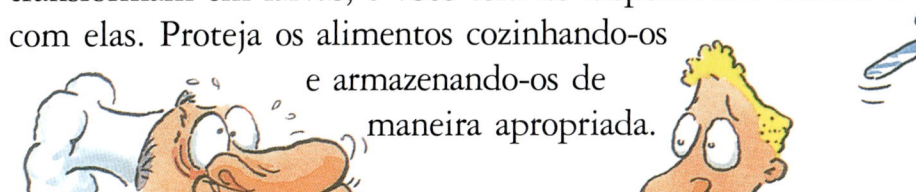

Superdicas
Bom cozimento

- Se os alimentos puderem ser armazenados, mantenha-os em recipientes fechados ou nas próprias embalagens.

A geladeira é o lugar ideal para guardá-los.

- Cozinhe bem o alimento. Nunca se sabe se ele contém ovos, germes ou vermes.

- Reaqueça bem os alimentos, em alta temperatura.

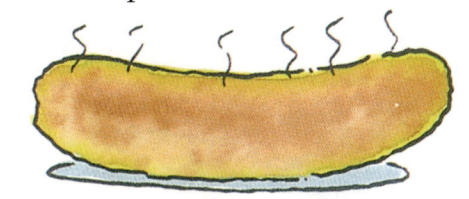

- Nunca congele de novo alimentos que tenham sido descongelados.

46 O mapa do corpo

Todos os dias, de todas as formas, o corpo humano precisa de atenção. Afinal, donos cuidadosos de automóveis gastam muito tempo ocupando-se de seus veículos, trocando o óleo, mantendo e consertando o motor e lavando e polindo a pintura do carro. Mas será que eles têm o mesmo cuidado com os próprios corpos? Manter o corpo humano limpo e saudável, para uma vida longa e feliz, requer cuidados e prevenção.

Descanso

Não esforce o cérebro ou os controles de sistemas por muitas horas de uso contínuo. Tenha períodos regulares de descanso e sono.

Ingestão de combustível

Escove os dentes duas ou três vezes ao dia. Consuma quantidades razoáveis de bebidas e alimentos balanceados e saudáveis. Ingira muitas fibras e pouca gordura. Alimente-se nas horas certas, mas não coma demais – o excesso de peso sobrecarrega o organismo.

Cuide-se

Lave-se regularmente com água e sabonete, no chuveiro ou na banheira. Limpe as reentrâncias e dobras. Evite o acúmulo de fluidos, como o suor. Escove ou penteie os cabelos para livrá-los dos nós e da sujeira.

Sistemas sensores

Faça um exame dos dentes a cada 6-12 meses e um exame oftalmológico a cada ano, mais ou menos. Preste atenção na sua audição. Relate suspeitas ou disfunções ao médico.

Unidade de energia e sistemas internos

Mantenha os músculos ativos fazendo exercícios. Eles ajudarão o coração, os vasos e os pulmões a funcionar com eficiência.

Chassis e engates

Atividades e exercícios regulares manterão os ossos fortes e as articulações flexíveis.

47 Sábias palavras

Articulações – Qualquer ponto em que dois ossos se encontram. Podem ser inflexíveis, como as articulações que estão entre os ossos do seu crânio, ou muito flexíveis, como a de seus quadris.

Aquecimento – Rotina a ser seguida antes dos exercícios. Faz o sangue fluir para os músculos e previne distensões ou torções.

Carboidrato – Substância composta de carbono, hidrogênio e oxigênio. Os carboidratos contêm também açúcares.

Desaquecimento – Rotina que você deveria adotar ao término dos exercícios. Relaxa as articulações e os músculos e previne o endurecimento.

Digestão – O processo de mastigar, engolir, processar e excretar os alimentos. O processo todo acontece no seu sistema digestório.

Esqueleto – A estrutura interna que dá sustentação ao seu corpo. Contém mais de 200 ossos.

Exercício – Qualquer atividade que trabalhe seus músculos, incluindo seu coração e pulmões. Aumenta a resistência, a força e a flexibilidade.

Fibra – A parte indigesta do seu alimento. Permite que os seus intestinos massageiem o alimento por meio delas.

Flexibilidade – A elasticidade dos seus membros e articulações.

Força – A capacidade dos seus músculos de levantar pesos é a medida da sua força.

Ligamento – Uma fibra forte que mantém seus ossos ligados às articulações, evitando que estas se abram demais ou se desloquem.

Músculo – Uma parte do seu corpo que pode diminuir ou se contrair. Os músculos puxam os ossos dos seus membros para que você se movimente.

Ossos – A parte sólida do corpo que dá sustentação às partes mais sensíveis e as protege. Juntos, os ossos do seu corpo formam o esqueleto.

Proteína – Uma substância complexa, que pode ser transformada pelo seu organismo em partes ainda menores, chamadas aminoácidos, e depois ser recomposta para formar as partes do corpo.

Pulmão – Um dos dois órgãos alojados no seu peito, nos quais o ar entra. O oxigênio pode ser absorvido por meio deles.

Pulsação – Também chamada batida do coração, é o ritmo em que seu coração trabalha. É medida em batidas por minuto.

Resistência – O período de tempo em que você pode fazer exercícios é medido pela sua resistência. Quanto maior a resistência, mais em boa forma você está e mais poderá se exercitar.

Respiração – O ato de inflar os seus pulmões e aspirar o ar.

Respiração aeróbica – Uma forma de produzir energia que necessita de oxigênio para funcionar.

Respiração anaeróbica – Uma forma de produção de energia que não necessita de oxigênio para funcionar.

Sabão – Um produto químico especial, também chamado detergente, que elimina a sujeira do corpo. É usado para manter você limpo.

Sangue – O líquido que circula por todas as partes do seu corpo, levando nutrientes. É composto por minúsculas células de sangue e por um fluido aquoso, chamado plasma.

Tendão – Uma fibra em forma de cordão que liga seus músculos aos seus ossos.

Vitamina – Uma substância de que seu corpo necessita, em pequenas quantidades. As vitaminas ajudam nos processos do seu corpo.

Índice

Alergias 25
alvéolos 15
aquecimento 8, 47
ar 7, 14, 15, 16, 34
artérias 18, 19
articulações 6, 7, 8, 12, 13, 19, 20, 46, 47
asma 17
aurícula 18
Bolhas 34
Cabelos 22, 24, 26, 27
cãibra 9, 20, 37
caixa torácica 12, 36
calos 34
carboidratos 38, 47
caspa 26
cera da orelha 29
coração 6, 9, 12, 18, 19, 46
crânio 12
cravos 24
Dentes 31
derme 22
desaquecer 9, 47
diafragma 16, 20
digestão 36, 37, 42, 43, 47
dióxido de carbono 15, 17
distendido 8, 11
Epiderme 22
esqueleto 10, 12, 47
exercício 6
Ferimentos 6, 7, 8
fibra 42, 43, 46, 47

flexibilidade 10, 13, 14
força 6, 10, 47
fruta 35, 38, 41, 43
fumaça 15
Garganta 14, 29
germes 24, 29, 30, 44
glândulas sudoríparas 20, 22, 32
gorduras 40, 43, 46
Hérnia 11
hipotermia 11, 37
Insetos nocivos 27, 33
intestinos 11, 37
Lavar 23, 27, 32, 34, 46
ligamentos 13, 47
Marcas de nascimento 25
medida de respiração 8, 16, 17
melanina 25, 26
minerais 12, 41, 43
muco 14, 26
músculos 5, 7, 8, 9, 10, 11, 16, 17, 18, 19, 20, 37, 38, 46, 47
músculo distendido 8, 11
Nariz 14, 29
nervos 12, 39
Olhos 28
ossos 5, 6, 10, 12, 19, 39, 46, 47
oxigênio 7, 9, 14, 15, 17, 18, 20

Pasta de dente 31
pele 22, 23, 24, 25, 26
pés 12, 34
pintas 25
placa 30
pontada 20
poros 20, 22
proteína 26, 28, 47
pulsação 8, 19, 47
Queratina 22, 26, 27
Resistência 10, 17, 47
respiração 6, 7, 8, 14, 15, 16, 17, 20, 47
Sabão 23, 25, 33, 46, 47
sangue 9, 14, 15, 17, 18, 19, 33, 37, 47
sardas 25
sebo 23, 32
sujeira 23, 29, 44
suor 9, 23, 32, 43
Tendões 10, 11, 19, 47
torções 6, 8, 13
traqueia 14
Unhas 26, 27
Vegetais 35, 41, 43
veias 18
ventrículos 18
verruga 24, 34
vértebra 12
vitaminas 41, 43, 47